生之静物

王聪威

九州出版社

> **推荐序** 　　政治大学教授范铭如／2016

不愿停驻的脚步——论王聪威的小说

王聪威显然是个抗拒被清楚归类的作家。他的六本小说,《稍纵即逝的印象》(2005)、《复岛》(2008)、《滨线女儿》(2008)、《恋人曾经飞过》(2009)、《师身》(2012)和新作《生之静物》,叙事技巧与风格殊异。姑且称他是个"过动"的小说练家子。

注意到王聪威的小说,是从他的高雄书写开始。因为研究地方文学的关系,我翻阅了许多书写地方的小说,包括个人出版的作品、县市政府出版的作家著作和文学奖优胜作品。时常惋惜为什么除了台北市以外,其他台湾的县市乡镇的图像或历史在小说再现中那么稀少模糊。连高雄这个第二大都市都很少被当作故事背景了,遑论其他城乡。对我这个嘉义小孩来说,台北太过遥远,高雄才是我孩提时期的大都市印象,大统百货公司、货柜码头、崛江商圈、西子湾,高雄对儿时的我既显得繁华热闹，目眩神迷中却还是保有熟悉亲切的南部景观，不至于让异乡小孩心生畏惧。这么迷人的城市风情为什么没被叙述出来呢？这个遗憾在阅读到王聪威的《复岛》和《滨线女儿》后终于有了弥补。

《复岛》写的是旗津，《滨线女儿》写的是哈玛星，据说分别是作者父母的故乡。《复岛》用三个短篇和一个中篇串联起旗津某个家族三代从日本殖民统治到当代的故事，每篇各自用不同年代的叙述者分别描述所处环境与人物关系。读者必须阅读消化过后才能自行在脑海中将四片拼图组装起旗津地域发展史。因为每一篇是独立的切片，也各自有作为中短篇小说必须凸显的主题以及形式，严格说来以旗津当作小说时空坐标的性质甚于将其作为地志小说[1]的书写核心。

不过，究竟将书写的优先顺序放在人物、历史或地志间的摸索游移在《滨线女儿》有了清楚的配置。哈玛星位处今天的南鼓山区，是日本殖民统治时期填海造陆的新生地，作为殖民地物资和日本帝国商圈的进出口枢纽，由两条滨海线

---

[1] 美国学者J.希利斯·米勒（J. Hillis Miller）曾指出"地志书写"为"对一个特定地方的描绘"，并使用符号再现景物或指涉地名、地理特征，详见其专著《跨越边界：翻译·文学·批评》（台北：书林出版社，1995）。——编者注

铁路连通起商港、渔港、渔市场的运输。居民以闽南语将日文的滨海线音译为哈玛星。书名又将地名转译回滨线的典故。也许是受惠于这个区域丰富的故事性，又或许是因为深厚的情感因素，王聪威将二十世纪五十年代哈玛星复杂的人口结构以及特殊的经济文化生态描写得栩栩如生。他以四合院的几户家庭人物（尤其是女性）的生活，既写出了在地庶民与外地人（外省人与日本人）的日常，也写出曾经拥有最现代化设施的哈玛星地区的繁荣与黯淡、台面上的渔糖船运经济与台面下的黑市走私交易。诸如煮饭这么不起眼的事项，作者竟可以分解成捡拾浮木、晒干、生火起灶、洗米、热锅等步骤叙述，连前此未见成为书写题材的洗刷公共便所的职业都能获得青睐细描，以种种逼真细节全面营造五十年代的时代场景。在扎实的文献考究和写实技术底层上，作者又适度地加入现代主义和魔幻写实的手法，让小说形式在变化中带出多样立体的时空纵深与意义，着实是一本非常令人惊艳的地志小说。

本以为又有一位后乡土小说大家即将出关，后来陆陆续续阅读了王聪威的小说，赫然发现这两本可算是他著作中的异数。比起对于宏观性的追索，他其实对于内向式的微观更感兴趣。他的第一本短篇小说集，八篇小说尝试了迥异的形式结构与文字组合，零散地再现作者心中生活与生命里稍纵即逝的印象。前卫实验的形式技艺下，包装着青涩以及故作世故的淡然。这种明显师承自村上春树与吉本芭娜娜的日式当代恬谧忧伤的感触，弥漫在接续着两本地志小说后出版的《恋人曾经飞过》中。就在这四本重的极重、轻的极轻，叙事风格各自不同的小说后，王聪威推出的下一本小说《师身》竟是回归传统规矩的写实主义模式，该有的人物塑造、心理刻画、线性情节铺排、爱情床戏与背叛，一样不缺，好看又有寓意地讲述一则女教师又当小三又跟初中男学生畸恋的故事。跳跃性的作品走向似乎在避免形塑固定的作家形象。你以为我是乡土作家吗？错！我就写都会的给你看。你以为我只会写纯爱小说吗？错！写个香艳禁忌的让你知道厉害。你以为我只会写前卫叙事吗？错，写一本大家都看得懂的赏你。至此，已经无法预测他的下一本书的方向了，直到《生之静物》揭晓。

新作走回文字实验的路数。全书以主角美君和其周遭，包括老公、小女儿、旧情人、妈妈、弟弟和同事等相关人众，各自以第一人称陈述他们之间的关系，她眼中的大家以及大家眼里的美君。在王聪威的历来小说中，美君无疑是最不讨喜的女主角。姿色普通、资质平庸，却自我感觉良好，以至于觉得社会没有给她相应的尊重与幸福。年轻时候严肃笨拙中尚保有可爱稚气以及偶而冲撞的浪漫（连这一点也只能靠大学时期的暧昧对象追忆了），成为人妻人母后越来越操磨成一个老气横秋又爱颐指气使的女人。她不爽所有的人，所有的人也不爽她。随着忧郁的症状加剧，她一步步从职场、家庭和两性关系中退缩，终于走向人伦大悲剧。小说采取符合不同角色年龄与身份的独白，用断裂的段落结构和直观的叙述修辞，类比当代社会中个人化倾向和人际的疏离暌隔。在每个人物只能各说各话却无能有效对话的龃龉，渗透一种干涩、孤寂的荒凉感。以往不管用的是什么形式或主题，王聪威的小说都有某种恬美诗意的氛围，新作的写法既符合小说主角的心境，连带告别了过往的诗化造意。有企图心的作家总是不断地自我挑战，即使成名了也不愿囿限于既定文风。然而像王聪威这般用力擦拭掉旧我痕迹的作家倒不常见。

王聪威对艺术形式的高度自觉是毋庸置疑的，或许过度自觉了。他对于形式技巧的实验与修炼让他成为武艺高超的练家子，为创作者的长远发展蓄积丰沛的能量。不过先锋形式主义者至少会面临两个难题。首先必须题材内容隽永或丰厚到足够承载各种叙述方法高强度的曲张锤炼，以及如何在不熟悉的表意模式中与读者沟通共感。王聪威偏好的解决方式通常是搭配较为通俗易懂的爱情题材。但这又形成另一个挑战。爱情小说虽说不是女作家专利，但是这个已经写了逾半世纪，而且二十世纪八十年代后几乎是女作家当家的地盘，还能提供多少矿藏供王聪威挖掘并越界插旗成功呢？我祝福聪威早日稳定风格，累积历年来冒险实作的功力，树立起成熟中坚小说家的识别品牌。

玻璃风铃是从旧家带来的,仍然发出跟往昔一样的声响。除了自己和小娟的衣物,我几乎没从旧家带来什么东西,也没有添购什么,触目可见的都是原来老公寓附属的家具与电器用品,这本来便是我需要的。玻璃风铃是结婚礼物,在印尼一座小岛的路边摊购买的,我留着这风铃,并不是因为怀念过去和阿任你的婚姻生活,只是真的喜欢它发出的声响,无论何时都非常清凉,跟当年在印尼喝到的综合果汁一样。

风不像是吹进来,不是那么柔顺的,还是因为我的心情的关系呢?我已经无法体会和谐的感觉了,对于那种温和的、顺从的事情已经不再感动。那扇窗子有着白白薄薄的窗帘,像是墙壁脆弱掉的样子。但其实也不再那么白皙,长期日晒使得布料干裂,并且发黄。那些原本的遮光涂层已经褪去,只留下稀疏无用的碎片,阳光得以薄薄地透进来。

像是被白墙所欺骗,风不是顺着自己的意愿吹进来的,不是为了探索这个房子而吹进来的,甚至不是偷窥,不是为了抢夺或偷窃,当然更不是为了访视我是否一切安好,我不再怀抱这样的想望。我曾经这样想过，有人偶然想起，比方说我离开了的公司，他们会不会忽然发现我不在餐厅吃饭了？风只是经过这扇窗子的外面时，以为可以靠着墙，会有一场平坦无碍的旅行，或是像不知道有陷阱似的孩子，往墙面上丢着球，或是想跃上墙翻个筋斗。或只是按照它的行程吹过而已，却不小心跌进来，或者风明明知道这里有个空洞，却太过调皮跃动，绊了一跤才跌进窗子，许久许久未曾吹动的风铃，因为被这不小心跌进来的风绊倒，或被推挤了，所以仓皇失措地响了。那声音一点也不顺畅，好像被随便摇来摇去的，与其说是被风吹响了，不如说比较像在许多人挤在一起的地方被撞来撞去的。这仓皇的声音，响遍整座房子，让人的心情也不好起来，好像要发生什么恶事。

你知不知道小娟喜欢风铃？她说风铃响的时候，就像有人来拜访，在家里有人走来走去的，不会那么孤单。这听起来不是很恐怖吗？如果空空的家里有人走来走去，那是小孩子才看得到的东西。但悬挂的这风铃，已经许久许久没有响过，跟在旧家时的不一样，好像常常会听见那响声。因为许久没有响过，我甚至以为它已经成了标本，不再会响，或没了附在上面的精灵。关于风铃的精灵，是有这种说法的，这是小小的守护神,当风经过的时候,怕风撞坏了窗檐,所以会事先使风铃发出声音,请风绕道。

但这阵风是个意外,没有什么特别的意义,这给风铃太大的压力,它害怕我会因此以为你来了,其实不是,这只是一阵意外,不长眼的风闯进来而已,并不是你来了。它害怕我会因此有过高期待,自己脑补你来的时候,会用手去推动风铃,像你以往做的那样,轻轻地,预先地,通知我。但并没有。可是风铃是不由自主的,它就是会被风吹动,所以也害怕被我责怪,我会忘记风铃没办法抵抗风或者是你,谁先来了,风铃就得响。

响的声音不太一样,风吹时轻一些,你用手推时重一些,但它不相信我分辨得出来,因为我整个脑子已经被"风铃一响,就是你来了"这样的反应给填满。因此风铃只能尽可能用仓皇失措的姿态通知我,当然这是风铃自以为摆出了这样的姿态,其实只是幻想或执拗,它什么都不能做,是风或你让它做什么就做什么。"你还未到来啊""你还未到来啊",风铃心里这样呐喊着,然后故意摇得东倒西歪的,设法引起我的注意,因为是风的缘故,所以是这样不规则摆动着,若是你来了,只会直直地前后摇晃,这当中有些细微的差别,是我人生最重要的辨识,也是风铃觉得自己最重要的责任,它毕竟只是个风铃,这已是它能做的最好的事了。

这房间如同在育空[1]的冰原之中,如此寒冷,明明是属于风铃的夏天的,可是却不用开冷气就能感受到无比寒意,我一边全身流着汗,一边觉得身处一片白茫茫的冰雪,眼前像是开展了一片大陆,即使有雪橇狗,也无法带我行过这片大陆,在这样的地方,总是有人无法回来的。穿透寒冷的,是死猫一般的味道。我喜欢猫,却有很严重的过敏,这让我想起身去打扫或是逃跑,但光用想就觉得好累,我没有真的想做。

算了,我想你今天不会来的,我想去午睡了。现在的我是一个没有梦的人,梦就像鳗鱼一样又滑又溜的又即将绝种,几乎没有野生的鳗鱼了。我有时会怀念那到处是梦的年代,或许是在念大学的时候,但对男人来说,梦就如女人的大腿吧,只要能枕着睡着的就是好梦。鳗鱼和女人大腿和摩天轮的差别有多大呢?我一直想去坐一次摩天轮,这是我怀抱着的梦,不知道对你说过几次,在我们仍然很甜蜜幸福的时代,

---

1 育空:加拿大行政区之一,地处西北。

我觉得能坐一次摩天轮是一个妻子所能要求的,最不像是妻子的要求,仿佛有点像是外遇,只有与外遇的对象在一起,才会觉得去游乐园,去坐一次旋转木马是有趣的,更不用说是摩天轮了,在半空中,稍纵即逝的隐闭感,如鳗鱼的穴。

一

　　我常常在上班附近的捷运出站时遇到一个女人，我总觉得这个女人是我熟悉的谁，她的脸看起来一定很像她。那个女人就是美君，我当然记得很清楚美君长什么样子，毕竟我曾经很喜欢过她，也花了很长的时间和她在一起，在大学的时候。

　　这女人的脸长得有点像美君，但是这样说的时候，我居然变得有点不太确定美君的样子，那时我和她已经有十多年未见，她或许变了一个模样。但这个女人不仅脸看起来像美君，连表情和眼神都很像，有一种急切感，眼睛扫到我时会温柔地停留几秒，然后再扫到别的地方去，所以让人搞不太懂，她究竟是在乎或不在乎我，当她扫到我身上时，会觉得那温柔是永远不变的，但一离开就变得很干脆，把我完全丢弃掉似的，去了她自己的地方。

　　美君一直活在她自己的世界，后来怎样不知道，在大学时只关心课业和校外补习。她是不太喜欢笑的人，与其说看来有些冷漠，不如说她总是很严肃，像开系学会会议，她也要深思熟虑，这些事情明明大家随便谈谈就过去了，她却一副要认真想过才能决定是不是得投票的样子。

为了读原典作品,原本英文不好的她,还特别去补习英文,也去了法文中心读法文。她对自己未来想做什么,比方说想考研究所、留学念博士,很早就安排好规划,每个月要做什么、读什么书都决定好了,是个一板一眼的人。若不能完成这些事情,她会奋发努力地想,如何把进度补回来。她对联谊这种小孩子的事情觉得很无聊,所以在班上非常疏离,要说上好朋友的只有一两位,对她来说已经非常足够。但如果这样就认为她是个无趣的人倒也不是,她喜欢去旅行,每年的寒暑假,便会独自一人或偶尔跟朋友一起去海外长途旅行,偶然分享她旅行拍摄的照片,原来她站在圣母院大教堂前会露出开心的笑容,坐在英国不知名的湖边,一旁有大白鹅走过,也会露出有点害怕,怕这鹅会过来啄她,又得假装很开心的亲切表情。

那女人给我的感觉也是这样,我猜想是否因为常常遇到的关系,所以她也觉得我的脸孔很熟悉,看我的机会变多了,但或许只是刚好瞥到。有好几次,我几乎要举起手来跟她打招呼,一恍神,我根本忘记这一定不是美君本人,反而有种偶然遇到她的感觉,很想脱口叫她:"你怎么会在这里?"甚至我会觉得痛苦,为什么美君看见我却不跟我打招呼,还是她也不认得我了呢?我应该很好认才是啊,我觉得自己根本没什么变,身高和长相都是。有时会希望碰到她,我会偷偷盯着她,告诉自己那根本不是美君,但有时却不希望碰到她,我很害怕万一有一天,真的是认识的彼此,那不是太糗了吗?要如何说明这段时间我们错身而过那么多次,却不相认,这表示我们早就将对方给遗忘了,变成不重要的人了。

但这怎么可能呢?我们二十年前曾经好好相爱过的,好吧,就算谈不上相爱,我们常常见面,通很长的信,讲了好多电话,现在居然看着彼此的脸却认不出来?我回家去找她的照片,却只找到她写给我的信,我记得我有一叠她的照片,是大学毕业时她特别交给我的,她说:"你要去当兵了,我们一定有很长的时间没法见面,希望这个能让你不会无聊。"我那时还非常惊讶,她居然是个喜欢拍照的人?她长得并不漂亮,圆圆宽宽的脸,身体也胖胖的,胸部十分丰满,如果穿着稍微紧身的衣服,略为有点腰身,上半身看起来有点男孩子气的宽肩,下半身的比例很标准,屁股也算翘,穿上伏贴的牛仔裤像包裹着神秘丰饶的区域,最美的是一头长长秀发,非常浓密,像水流一样泄流到背上。照片里有毕业的学士服照，和在湖边穿着休闲衣服的照片，摆出像沙龙拍摄的姿势，是用一般傻瓜相机拍的日常照片，看起来非常愚蠢做作，但镜头里的她却笑得非常开心，好像知道自己的傻样和温柔，那温柔是无法取代的。

可是那叠照片我却不知道收到哪去，可能是后来交了女朋友，毕竟是大学的事了，为了怕被发现麻烦，所以藏到某个地方去了，现在完全忘记藏在哪里，我只能尽力回想，但这么一想更让我怀疑那个捷运站的女人就是她，她的脸除了胖胖的以外，没有鲜明的特色，跟捷运站女人的脸很容易重叠成了一团迷糊。我试着GOOGLE，打入美君的名字，跟她同名的人好多，用图片搜寻也是各式各样的脸孔，滑了好几页，总算发现一张公务照片，就是那种放在政府机关网页的业务人员照片，点进去看，我想是她没错，学历与从事的工作，都像是我认识的美君。照片里的她似乎比以前瘦一点，不过脸是她的脸，胸部包裹在白衬衫和粉红外套之下，虽然是公务般的套装，还是颇为雄伟，虽然不想说，不过年轻时和她约会都一直偷瞄她的胸部，可惜她从不穿露一点，不过光是穿短袖T恤就够看了，T恤上会印出胸罩形状和蕾丝纹样。

这照片如此公务性质，照片里的她显得很严肃，完全不笑，但这是废话，她本来就是这样的人，怎么会在拍公务照片时笑呢？我看着她，其实她真的是变了，不像我以前认识的她。她老了，脸颊有些凹陷的阴影，温柔不在她的脸上显现，或至少我无法感受那温柔，像是某项新公布的政策，从她的人生里一律削减了那温柔。我以前嫉妒过，她从来没跟我说她喜欢我，但她却跟我说她那时喜欢一个社团学长，那是个政治性社团，学长是个饱读左派主义的家伙，我没见过，但照她说的样子就是一副什么都懂，所以就是很厉害的家伙。即使是这样，我猜她跟学长在一起时，也一定是兴高采烈的样子"而已"，不会给他看到温柔的一面。

看着网路照片，我想要是现在走在路上遇见美君，大概也认不出她来，这跟我所见到的那个捷运站女人有什么不同？或许捷运站这个女人还比现在的美君更美君也说不一定，如果她们两个同时站在我面前，我说不定会认错人。但这样更让我搞不清楚，找到网路上的美君，显然是真实的美君，现实里是真实的美君，对我来说却没有真实感，我在她身上找不到熟悉的美君的样子，但捷运站的陌生女人，更像我认识的美君。理智上我当然会判断谁是真实谁是虚幻，但若那捷运站的女人知道了,觉得有什么好处(当然没有),然后走过来说:"喂,怎么不认得我了,你是怎么回事,我是美君啊。"然后我开始跟她谈恋爱最后也结婚了,我不等于完成了年轻时的梦想?那么什么才是真实、什么是虚幻的也就不重要了。

没想到居然在那个时候听见小猫的叫声。

稍微仔细一点听,大概知道是从附近车子底下传来,声音像是含在舌头的薄荷锭,薄薄凉凉,若不留意便要融化掉。我不太确定是哪一辆车,巷子两侧停了一整排,但那声音越来越细小,是不是太热又太饿了呢,小猫?连呼吸也吃到又小又干的胃里去。我有一瞬间,脑袋连一头大象也能躲进来似的空掉,世界的声音从我耳旁消失不见,耳膜只专注一丝一缕的喵喵声,那一瞬间,我才感受到我身处一个陌生巷弄之中,虽然是窄小的巷弄,却迷惘如一座没有指示的太空,唯有小猫的声音,是投掷来的标记,是我唯一能辨别的方向。小猫叫声,成了唯一有意义的事物。试着追寻这声音,使我好像有事可做,使我不感到慌张,不觉得自己如此没用,但那也逐渐消灭在这炎热的气温,一旦消灭,我又将回到无用的自己,没有可做的事。

当我发觉时,小娟你已挣脱我牵你的手,我甚至没有感受到你扭动的力气,你是不是发现那一瞬间,我的手如水中的漂藻,滑溜溜的便将手伸出来?当你的指尖正离开我的指尖的那片刻，我从对猫叫声的迷惘里苏醒过来，那正离开我的细微肤触，才是我现在唯一拥有的。

你向左前方跑去，一个六岁女孩，步伐甚至不稳地跑着，倘若一跌倒，柏油路会滚烫并挫伤你薄嫩的肌肤，我们会陷入麻烦之中，在还没稳定下来前，就得处理这么多意外的事，我心里已经想到这些，但脚步还无法迈开去追逐你。我现在最不需要的，就是超出我规划之外的事，一切我都有计划了。我是个非常重视计划的人，没有按照计划进行的事使我感到不安，不过也没有到神经质的地步，这样子的个性并不讨喜，我知道，所以年轻时代男生要跟我交往往往会失败，说来奇怪，擅长规划不应该是男人的专长吗？为什么我身边男人反而像是女人，只想着一日一日悠哉过日子，连点上进心也没有。

你的手在我手中留下汗渍，遗传你爸爸的生理反应，非常容易有手汗，天气稍微热一些，手掌中心便涌出汗水。我的手却非常干燥，很容易脱皮像粉尘般洒落，像是两种不一样的岩层。我初次握住他的手时，被那突如其来的涌泉吓了一跳，第一次觉得是和不一样的人接触。你的汗渍细细微微印在我的掌心，像泼洒在干燥页岩上的水痕，我的手干裂灰白,什么水液泼上了都会渗进去,只有盐和尘粒会留在表面。何时我的手变成这样,我以前从来不曾这样。现在残留过去的模样,只剩下肥厚的肉掌。不止一人跟我说过,你爸爸和外公外婆都这么说,这是好命人的手,非常温暖。我自始至终都不讨厌你爸爸的手汗,只是觉得很特别,随时被另一个人的体液沾染,在我的身上留下渍印。他有时会觉得不好意思,特别是刚交往时,常常会一再抱歉。我们甚至决定结婚了,他仍然迟迟不敢牵我的手,那时心里想,你爸爸是不是胆子太小一点,或不解风情呢?

我的手里拖着一箱沉重行李,一肩还有个 PUMA 塑胶皮旅行袋,你往前跑去,我想立刻追着你跑,但行李箱轮子早就磨得破碎,在柏油路上几乎拖不动。另一个旅行袋则把我的肩膀压得抬不起来,我像是沉到柏油里去,好像陷入突然变得非常沉重的梦境,我必须拔腿就跑,却完全动弹不了,被剥夺掉力气,我尽力在胸口憋口气,把自己的身体往前拖,我可以把行李全丢下,然后跑去追你,但是我舍不得,怕行李给车撞了或丢了,这样我们什么也没有了。

你在左前方第二辆车前蹲下,脖子歪低,努力朝车底瞧,不远处往水沟的方向有一摊仍流动的浓绿色机油。好不容易走过去,却不想像你一样蹲下来,但手又捉不着你的身体,只能捉住你的头。我也不想将旅行袋放到地上,我若蹲下就会弄脏袋子。袋子不是什么新货,是在柜子里找到的,有二十多年没用,已泛着黄斑,表皮老化龟裂。我看不见那边有什么,被你的头和汽车排气管给挡住,我摇晃你的头,你戴着一顶小圆帽,是我在后火车站的批发店买的,既便宜又漂亮,浅浅水蓝色绑着一圈粉红色缎带和蝴蝶结,我说站起来,我们要走了,你不答话。我又摇一次你的头说:"站起来,不要把衣服弄脏了,不要太靠近车子,会烫到。"然后又听见喵喵叫的声音,我不知道是多大的猫。

"是只小猫。"你说,"是小猫。"从你的头和排气管缝隙间,我可以看见一颗小小猫头探出来,是只虎斑灰黑小猫。它抬头看着你,大概是阳光颇强的关系,瞳孔尖细得像根针。嘴巴微微张开,唉唉叫着。我想起昨夜倾盆雷雨,这猫是怎么活的呢?

我好声好气地说:"走吧,小娟。"
你说:"我想养小猫。"
我就知道你会这么说,但现在怎么可能养呢?
你说:"我可以抱着它,不会让你东西变重的。"

我觉得背部开始透出汗来,头也有点晕。黏稠液体爬满我的身体,把胸罩变成水蛭一样,缠绕着我。像被吸过血的痕迹,烧印在我的背与乳房下缘,我感到疼痛,连吸一口气,都像被烙红的铁丝捆绑。我强压脾气,希望我是像以往一样,是个理性的妈妈,"不要说了,走吧。"

"不要再闹了。"我说,"赶快站起来。"

"是你说可以养小猫。妈妈骗人。"你说,"是你说可以养的。"

我说:"那是之前,现在刚要搬家,要怎么养呢?"

你说:"是你说搬到别的地方就可以给我养小猫,是你说的。"

我说:"等我们搬好了就养,好不好?"

你说:"小猫跟我们一起搬。"

你仍然动也不动,无法蹲下去把你拉起来使我焦虑,让女儿站起来的能力也没有,难道我这么没用,连你这样的孩子也要欺负我,我把你的帽子摘下,往后脑左侧一推,"走啦",我说。背着沉重书包的你重心不稳往地下倾倒,一半的身体几乎要塞进汽车底。我吓一跳,但不想表现出怜惜的样子,我装出毫不在意你的死活,冷酷地说:"快点,我不想再讲第二遍了。"你一点声音也没发出来，蹲回原位，不哭泣，头像是顶着车子底盘，"你就留在这里好了。"我费力地将陷进柏油里的行李箱拖出来，往后退一步，等待你的反应，手里还捉着你的帽子。

"是你说如果有只猫猫自己走过来，就可以养的啊。"你总算说了这句话，"它自己走过来了啊，是它自己要跟我们一起回家的啊。"可是我们没有家，你搞不懂吗？我们现在没有家可回，我们只是要找一个住的地方，但你并不知道这有什么差别。我低头看你，然后看看小虎斑猫，当我把你推倒时，它一度后退到我看不见的地方，现在又走出来，喵喵叫了几声，舔着你小小的手指头，就像是团会喵喵叫的黑影子，露出指甲长的黄色舌头。不知道是公的还是母的呢？

六月天气好热啊，我闻到身上发出的异味，炎热天气晒出来的汗味，没那么浓厚，有点薄薄的，但确实是汗味，有一点点呛鼻，后来即使努力洗衣服和我自己，这味道却一直残留着，使我一再回忆起那一天炎夏，我们离开家的事，我当时手里不是还牵着你吗？我为什么选择这时候离家呢？我有点后悔。不是这样的，是不得不这时离开，是你爸爸逼我的不是吗？这种天气小虎斑能活多久，该不会被柏油路给烫死,然后融化到柏油里面呢?一整条马路全是由猫尸铺造而成,有的未死的猫,也被融了进去,当车子开过时,还能听见猫被压到的惨叫。

我抬头看了看巷底,那里有一整排五层楼的老旧公寓,正午时分,一切显得空空荡荡,没有人愿意走出门,也没有人要回来,像是抽空了的世界,如一个离岛,明明有着几千人居住,街上却看不到有人活动,这里就像那里。仔细听,会听见四处传来电视的声音,我知道每扇窗后面,都有人或曾经有人活动着。没有声音,只是他们默默地生活,没有走出来的必要,这是炎热的午后,何必要走出门呢?出来也遇不到人,遇到了也不知道要说什么,这里将有一户,会塞进我和小娟。

确实很久不见之后，我重新见到阿南你。我和你真的已经失去联络一段时间，你当兵期间我写过几次长长的信给你，我喜欢写信给你，我的字很好看，你不止一次这样夸奖我。你的回信也写得很棒，这是你的专长，我喜欢你写的信，直到你出社会还会写信，一点一滴、一丝一毫的联络总是有的，然后就完全断了联络。

你退伍后留在中部工作，知道你回来岛北了便打电话给你，我们在电话里约见面，却一直想不出有什么好地方，你已有十多年不在岛北，不知道有什么好去的店，而我这几年单纯结婚和工作，也不熟悉，想来想去，最后还是先约了学校附近的咖啡馆，谁先去就先挑一间。我提早很早就到，我不是一个会捉时间的人，总是预估太长的时间，所以就在那条我们来来回回走过四年的路上闲晃，我对那附近起造起来的各种新店感到很陌生，我以前熟悉的店则关掉许多，或是我忘记位置在哪里。这些新店到底怎么长出来的？为什么会集中在这里，永远地吞灭我熟悉的事物，而那些熟悉的店为什么如此脆弱，就这么消失，再也不会有人记得他们。

街道本身并没有改变，仍然是宁静窄小的，一点点郊区气息，可是那些店里挤满陌生人，假如他们是学生，也不是我熟悉的学生的样子，他们毫不生涩，脸上看不到过去孩子容易受惊的小动物神情，显得成熟老练。若不是学生，怎么会在此地集中那么多外来者？看起来非常聪慧，好像这世界没有事物可以惊扰他们充斥自信的生活。选了一两间外观看来颇为有趣的店，但不敢走进去，我看到咖啡馆老板，一脸会挑客人似的，必须符合某类标准才能进去，客人的打扮、神态、行动方式，他们自在说笑或安静地写点重要文章或小说什么的，我感到格格不入，也就很恐惧，觉得不是他们的一分子，这恐惧逼迫我在街上漫无目的地走着，不知道可以去哪里，这已经不是我熟悉的地方，我以为是归家的孩子，其实已被驱离得很远。

天气非常炎热，我一个人走着，觉得不被接纳，混杂着乡愁的巡礼，不可能回到过去了，即使已经长这么大，有丰富的社会经验，还是会对不被接纳感到恐惧。等发现一家我们偶尔会去的泡沫红茶店才安心，急急躲了进去，讽刺的是，念大学时我非常讨厌这家店，觉得很没有水准，可是为了得到旧时的安慰，仍然躲了进去。好像看到旧时霸凌我的人，仍然视为珍惜的朋友，因为只有他能了解我们共同的时光，光是这一点，就不禁在心里原谅他了。只有这家店了解过去的我，了解不安的我，只有在这里才有我的痕迹，才会被了解而包容。

我想跟阿南你见面，不也就这样吗？我们已经许久未见，根本也没有见面的必要，过去的情感早就消逝无踪。想和你见面，其实也是想从现实生活里撤退，回到过去温暖熟悉的时光，店里正在播放"恰克与飞鸟"的精选集，这是属于我们这一代的老歌，虽然喜欢他们，但自大学毕业之后，就再也没追过他们的歌，最喜欢的《第101次求婚》主题曲 *say yes* 已经是二十多年前的歌，我喜欢的他们一直停留在那个时代，与时光脱节不会再前进。

介绍我听"恰克与飞鸟"的不就是你吗？我不太听音乐，我不是那种喜欢艺文的人，只喜欢念书，其实就是爱念学校功课，我们虽然读政治系，但你却一点没有想念，问你为什么不转到中文系或外文系去，你总说："这样就不能当你的同学了。"你第一次这么说的时候，我跟你一点都不熟，不知道你为什么这么说而有点困扰，那时才是小大一的迎新露营。"恰克与飞鸟"到底有什么好听？抱着怀疑试着听听看，等于了解一下你好了。怎么说呢？明明是打扮帅气叛逆的两个男孩子，可是却唱着俗气老套的歌，混合的结果有种异样的温暖感，哪里都不超过界线，有点像喜欢跟别人吵架的人，但因为太内向了，吵架强度非常有限。

关于时光飞逝是怎么回事，我想起大学时代的一位学妹，那真不是我说的，大概是四个年级里最美丽的一位。我还记得她的名字，我不太擅长记别人的名字，遗忘得快，但就记得她的，她那么美，名字也美，我想看看她现在的样子，没什么企图，只是想要知道她现在如何，一个美女如何生活。GOOGLE她的名字跑出来的，只有少少的资料与她有关，只有一张看来是她在某个课堂上上课，头戴着耳机麦克风，被很快地拍下影像模糊的照片。全部有关她的资料，只有她是某小学某班的导师，得过一次校内优良教师，以及在公布栏简短的留言：ّ"加油""来领取乖宝宝奖状"。我并不是说，当小学老师有什么不好，但就觉得这不该是她的人生，应该是某个丑八怪的人生才对吧！像她这样的美人怎么会在某个乡下地方当小学老师呢？她在那边不会太美吗？

我滑过一则一则重复或与她无关的同名同姓资料，找到一则她写给某基金会表示感谢的文字，谢谢基金会发奖学金给她的学生，我不敢相信那文章平庸刻板至极，像是工厂套装生产的感谢辞。好吧，我或许太严苛了，但那真的低俗得可怕，一个美女怎么会写出这么烂的东西，文章里毫无任何生命独特之处，没有任何灵光乍现之处，是不是因为生活周遭的一切都已经枯坏死掉，只好用一些假花假草来装饰空洞的心灵？就算只是卖弄自己愚蠢的天真美丽也好，但她什么都没有，既没有比较好，也没有比较堕落，就只是让自己默默溶入液体，变成毫无特色的分子，和我一样。但我一直是个废物啊，跟我一样有什么好？

后来我们走进学校，走到曾经一起上课的普通教室，站在黑板前，美君告诉我，她曾经很想嫁给我。我吓了一跳，她从来没说过，跟大学时代相比，我们这几年的联络已经很少了，我自己交过几个女朋友，但连她交过几个男朋友、何时结婚也不知道，虽然断断续续地写过信，不像以前热络。我很早以前是否跟她告白过呢？或许有，我想不起曾写在哪封信里，或在哪说过。我现在对她已经没有那种感觉，但听她这样说，还是勾起以前的心情，那时我们几乎天天走在一起，同学们说我们很配，但他们是胡说的，别看我现在是个胖子，我念大学时又干又瘦又矮，而她一直是胖胖的，又比我高几厘米。她喜欢把自己弄得很成熟，甚至烫了卷发，我不喜欢她这样子。我刚念大一时，从军队训练回来顶着一颗光头，还以为她是学姐，其实她比我小几个月，外型上一点也不配，如果我们真的在一起，外表一定很奇怪，她说：

"这世界上最沉重的事物或许是我自己，我不知道你以前为何喜欢这样的我？"跟她站在一起又瘦又干，脸色苍白又焦躁的我，像是神经过敏的弟弟。

那段时光遗留下来的东西，似乎深深卡在她的身上，我们从来没真正交往，朋友以上、恋人未满是最好的说法，然而她却说想要嫁给我，我不禁想，那时我对她那么好，不算白费，而且她如果早点跟我说，或许我们就在一起了。我问她："为什么你会这么说呢？"她有种挫败的表情浮上来，"我是在跟你告白耶，居然回答我这样子，还露出为难的表情，好像我要扑到你的身上。我看起来是这么饥渴的女人吗？"她说，"因为我觉得你很温柔，对我那么好，大学的时候，我知道我是个难搞的人，你对我这么有耐心，真不知道为什么？"被曾经喜欢过的女生说温柔，感觉很奇妙。

我没交过什么男朋友，除了结婚之外，曾跟一位不值得一谈的男人短暂交往，我甚至不想告诉别人这一段，这男人是个知名人物也是原因，说了你就会知道他是谁。不过如果阿南你想知道，我可以说，是他有了外遇，所以才分手的，这么说有点奇怪，毕竟两个人并没有结婚，所以不算是外遇，可能只算是劈腿，用现在的用语来说只是这样。分手之后，我传手机讯息问他，自己在他心里究竟是什么样的人？他没有回答，大概觉得我很烦吧，分手的女人问这个要干嘛，他是个很受欢迎的家伙，总是能把上别人把不上的女人，比如我。

他承认自己劈腿，对象很普通的是同事，虽然时间很短，但他是我第一个同居的男人，他是第一个玩弄我的身体的人。以前虽然有过喜欢的人，也有过约会，但身体被玩，他是第一个，一边听着黑胶唱片，在他的小公寓里，一边让他脱掉我的黑色丝袜和紫色内裤，让他用手指头拨弄阴核，让他亲吻嘴巴和乳头，却不插入。

我自己却没主动亲过他嘴巴以外的地方，怕他不喜欢，几次之后，我们才真正做爱，让他插我。他是个性欲旺盛的人，鹅一般地捅我的屁眼，整个腔室像被打足气地鼓动，不会感到厌倦似的，但我的性欲不知为何，无法被激发到足以配合他的地步。下面当然会湿，湿得很厉害，但这似乎只是单纯生理反应，我也会唉唉唉叫，被插到快高潮时，双脚会夹住他的身体，手会抓掐他的背，但情感上却温温的，不会高涨到失去理智。你觉得会不会是因为这个前男友太强势了呢？他并没有好好地调教我，让我习惯原来被干是这样子？

明明有这么丰富的经验，但我老公不是很喜欢做爱，他几乎没有什么不好，除了有一点点小气，所以他有这样的缺陷，我也不会苛责，只是有种使不上力的感觉，自己明明经验丰富，怎么样被搞都很熟悉，却无法让他开心，那么，阿南，不知道你满不满意我？

我们新搬的地方，离原本的家只有几个捷运站距离，搭车只需要二十分钟，虽然现在已经来不及对谁解释，但光是这样子，也知道我不是真的想离开家。不过这么说不是显得我太没用了吗？只是在装腔作势，但我是想让阿任你知道啊，我们就在很近的地方，有什么事情你还是可以跟我说，别疏远了。你不知道回家了没，已经七点多了，我坐在这间被不属于我的杂物包围的旧公寓里，一直在想着所有的事情，如果你已经回家了的话，不知道你在做什么？在打电动玩具吗？当你看到我所留的离婚协议书，上面我已经签好名字，是什么感觉？

过了中午我就开始发困，是因为觉得无聊吗？在公司工作时，需要在许多地方跑来跑去，几乎没有空闲可以发困。这偶尔想困的习惯，像是怀了小娟才养成的，即使生了，也无法恢复旧有作息，睡意袭来，好像用了一点小小垫步，不觉得有什么可怕，似乎有能力可以抵抗，但真正跃上来又快又急，完全没办法抵抗，忽然就昏迷过去，真是太惨了。我生小孩的疲惫无法驱逐，不管之后再补睡多久，或一整天躺着不动，都没办法撼动一分一毫。人家说孩子会自己带财库来，所以不用担心养不起，我倒觉得她把上辈子的疲惫也带来给我，将我的精力吸光。小娟到底给我带来什么呢？仔细想想好像没有，她来了，我感受当母亲的快乐，除此之外，究竟有什么对我的好处？她来了之后，我一直想重新去工作，我喜欢上班，上班让我有自己的感觉，我希望能发挥所长，不，就算是满足我自私的愿望也好，但是你叫我不要去工作。

你想要知道我真正想对你说的话吗？阿任，那我就告诉你：我几乎没有一天不想起你，这么说你一定觉得我是个大骗子，但不是的，我不是，我总是在脑里逡巡可以与我共同生活的你，与其说会自然想起你，不如说我喜欢想你，想你让我快乐，包括生理与心理的，我是强迫自己想你，而不是自然而然的，我想象自己躺在你的怀里，但每一次到这里最后就会模模糊糊的，跟在梦里一样，无法精确如眼中所见，我觉得自己的身体正在颤抖，真实的自己也是，但究竟是为了什么呢？我一定很哀伤，梦里饱含巨大的伤痛，我跟你的感情就是这样，还是单纯睡眠深沉带来的快感？

为什么我不被疼爱，我对你付出的还不够吗？我为你生了个可爱的女儿不是吗？我从来没有花过那么多心思在一个男人身上。

我觉得自己从另一个地方回来，像是去了某个地方旅行，但是回来之后却不太记得去过什么地方。应该是相当无趣的一趟旅行，或者是一直落着雨，只好躲在旅店，哪里也没法去，只是看着雾茫茫的窗外悔恨不已。

　　当我从旅行氛围醒来，看着美君，觉得陌生，不知道她为何躺在地板上，动也不动，嘴角被殴打出血、额头破裂，附近散落几张稍微染血的卫生纸，她的手中也捏了一团，身材丰满圆润的她全身上下的肌肤都非常光滑柔软，但双手非常粗糙，像是干掉的菜瓜布，布满深刻而密集的掌纹，无论春夏秋冬都是如此，干燥缺乏生气，涂抹再多的油脂也没办法治愈。我到底做了什么？我从遥远的地方回来，比谁都还感到疲累。有谁跟我去了这趟旅行呢？或不是一趟旅行，只是觉得从哪里回来，却不一定是去旅行。

　　之后，某天我回到家时可以感觉到，门的另一侧没有人在呼吸。我习惯了，过去美君总是比我晚回来，她是个喜欢工作的女人，这份工作既符合她的专长，也是她最大的兴趣。说来很奇怪，我不能理解，一个女人的喜好是统计这世界上的无聊事物，这种工作会有梦吗？我打开门，家里果然空无一人，但气氛上有些不太一样，空气中飘浮的粒子似乎来得更为轻盈稀少。已经没有任何期待，我可以觉察到，陷入一种绝望，房子像是把气吐掉，有一种霎时的宁静，即使外面建筑工地一直施工的声音也无法破坏。

然后我看见桌子上有一张纸，以前当然没看过这样的东西，但远远地看也知道，是一张公务文件，甚至不用看到上面写了什么，光凭气味和那氛围也知道一定是张离·婚·协·议·书，我连这个词都不太能念通顺，没有人能一下子念出来吧，但离婚协议书确实地躺在那里，我走过去拿起来才发现很轻，这不是废话吗？真的是一张纸的重量而已，我以为会更重一些，不是一般的纸，应该是有点厚度的，稍微重一点的纸，毕竟是人生大事，要比较能够保存不会损坏的纸才对，或者看起来应该有个官方样子，有严正的边框（我喜欢各种有边框的东西），有点厚度才能承载痛苦和伤害。

刚离开家时，是那么坚决，脑子里只有阿任你如此粗暴对待我，其实也就只有那么一次，但我是那么坚决，以至于忘记要安排小娟的事。你打电话来，一再要求我把小娟还回去，我觉得这是怎么回事，为什么我不用回去，只要小娟回去就好？我赌气不将小娟还回去，你也因此觉得轻松吧，反正你知道我会好好照顾小娟，你有自己的事情要烦恼，无法照顾我们母女两个。

我们家里可以眺望全城最高的广播塔，那是观光客会去的地方，过年跨夜会施放数千万元的烟火，但只有晴空明朗才能看见那尖尖的塔顶，我常看着你站在落地窗前沉思，乌云如世界末日般笼罩，窗户底下，高中操场上的足球队，红黄两队，害怕即将来临的暴雨提早散去。

你一边抽着你的 LUCKY STRIKE 日本香烟，你抽你的香烟就像在监狱里的犯人一般珍惜，用食指中指大拇指捉住烟嘴，把烟嘴前端咬得扁扁的，少量而仔细地抽着，一直抽到火焰烧灼海绵冒出焦味才捻熄。当我想起特定的地方，就会有类似味道的忧愁，自从结婚之后，我再也无法前去哪里，我所怀念的地方，不对，即使不是我主动怀念的，而是在某种特定情境下，被迫想起的那些地方，有多少是跟逝去的时光有关，有多少仅是简单地与地方本身有关呢？

我没办法这样，一边怀抱对一景地的莫名哀伤，一边又去关心站在窗前的你在想什么，我已经很久不知道你在想什么了，我是不是花了太多心力想自己，但你何尝不是。我有点害怕，比被阿任你暴力相向还要害怕，那暴力是可以预期和挑逗的，而且是你的错，我更害怕的是，这逐渐令人窒息的，像是堆积空瓶子、包装纸、塑胶袋、便利商店卖的便宜杂志与残留食物的油渍便当盒，满布爬动的蛆、静止的蛆壳与遮蔽了手动窗子的黑色苍蝇的，在艳阳曝晒下的封闭轿车车厢，但我却乐在其中的日常生活，就在这个伸手可得、触目所及的世界，就在我们每日出入的周围。

一

我有多久没有出门旅行了呢？喜欢旅行，但不喜欢跟别人一起旅行，大学时偶尔跟非常非常要好的女朋友罗莎去，阿南你还记得她吗？我们同班同学。但绝大部分时候我喜欢一个人去，我喜欢自由自在的，连一点事情都不想被干扰，不想等谁一起吃早餐，不想等谁一起出门或是商量行程，不得已跟罗莎去，就会因为这样吵架。我幻想独自一个人旅行，如今是最不可能的事情，现在的我，什么地方也去不了，只能在这间房子里，我就是没有办法一个人了，这真正令我恐惧，我不再可能有一个人的机会，我的人生直到死亡都是。

我会不会想和大学时代的你去旅行呢？我仍然记得很清楚当时你的模样，你环岛旅行回来，给我看一张在一座大庙前的照片，照片里的你骑着一辆红色的打挡机车，身上穿着红蓝白相间的破烂雨衣，安全帽挂在车子把手上，蓝色牛仔裤非常脏，背着黑色的背包。

照片里的你很黑，但也清秀矮小，摩托车太高，拉长的腿脚尖踮着地面，鞋子是你惯穿的高筒篮球鞋，看起来是个青春模样，非常小，小到不知道天高地厚，什么也没准备就骑了摩托车去环岛。因为连一件像样的防风外套也买不起，整天穿着那件红白蓝相间的雨衣，上面布满雨渍与泥土飞溅的痕迹，仿佛可以闻到挥之不去、粘在身上的塑胶味。

你环岛回来，跟我见面，我的心里有点埋怨你为什么没跟我说你要去环岛，如果你去环岛为什么没有来南部找我呢？放暑假我一直在南部家里，如果你来的话，我可以陪你去一段时间比如到半岛旅行，我很乐意跟你一起过夜的，我相信你不会对我怎么样，我甚至比你大块头一些呢。但为什么不告诉我呢？而且为什么你不对我怎么样？你有什么好考虑的？不想想你自己黑漆漆的样子，谁会喜欢你这样的人，更别说一年级时理着一个大平头，看起来简直像个通缉犯，除了我这个怪人，谁会跟你说话，还整个夜里都在一起，没有离开你半步呢？你没来找我，倒是去找另一个女同学。那女生长得那么漂亮，家里又是医生世家，但是我一点也不在乎，我根本不会把自己去跟那种人比较，我知道自己有多么值得被爱。

是吗？我现在已经不这样觉得了，但我也不知道那女生成了什么样子，也许比我更悲惨也不一定。我想我们两个人一起去旅行的话，一定很合拍吧，一路上一定有说不完的话，就像阿南你记得吗？有两年之久，你每周两次，固定陪我从学校下课，横过一整个广大校区走去公车站牌等车到补习班一样，几乎没有间断地说话把所有时间填满，一边喝着饮料，真是不可思议，我们都不是那么爱说话的人，说起话来也很无聊，因为那时候的我只会讲功课的事。

　　我不喜欢坐摩托车，也不会骑摩托车，一个男人就是要开车才对，但你到现在都还不会开车，这样像男人吗？那时候，我能坐你的摩托车一起去环岛旅行吗？要我抱着你的腰，身体贴着你的破雨衣闻着刺鼻塑胶味，戴着厚重安全帽又湿又臭又闷，我受不了。你也受不了吧，被我的大胸部一直压着。不过即使这样，我们可能还是会不停聊天，迎着风大声地喊，有小虫子和灰尘飞进我的嘴巴，到了某个地方下车，把脸洗干净一类的。我是个严肃而喜欢干净的人，虽然绝对谈不上优雅，但怎么样也不会想脏兮兮地这样去环岛旅行。我无法想象以前会这样，但现在呢，我有什么资格幻想这些？

一

……除了偶尔跟警卫讲上一两句话，我们几乎不认识同社区的人，这也不奇怪，现代人就是这样，谁也不认识谁，之前为了装潢的事曾和楼下的人有过不愉快，互相向总干事投诉对方，但当我决定自己面对去敲门时，楼下的人却躲着不敢应门，也许从猫眼看见我了，害怕我会伤害他们吧。反正这样的社区，能请得起的保全公司就差不多这个样子，有三个警卫轮流，分成早午晚三班，他们都穿着灰蓝色上衣，打着深蓝色领带，下半身则穿着黑色西装裤。冬天的时候，加上有肩章的厚重西装外套，或者是深蓝色的夹克，肩章上面会有类似军队的符号，有几颗星星一类的。阿任你不觉得这些衣服很可笑？不知道为什么每个人的衣服看起来都不太合身，大概只有几种尺寸给他们选而已，可是却硬要装出很正经的样子，加上那些军队符号，好像是煞有其事的组织，但其实才没有，这些警卫都是中年或老年失业的男人，每个人脸色都显得好无聊，偶尔能有微笑就很了不起了。你记得之前还有一个人到处跟人家借钱，连我也很好心地借给他两千元，那一整天，他告诉住户们是他的休假日，但因为父亲生了重病，他需要钱。这个比较年轻的警卫，是一个常常会对人家微笑的人，所以我们都比较信任他，结果他差不多跟每户人家都开口借一两千元，我们跟他熟，借个一两千也还好，大家这么想，凑了一凑居然也就借他二十几万。然后他隔天就没来了，一直到一整个星期，大家正纳闷为何有人来代班，才知道他跟公司说父亲重病得请长假，问他何时回来上班，他说不回来上班了，他要辞职。公司联络不上，住户找不到他，公司只好替他赔钱了事。有些人其实不是这次借的，也趁着这次去跟公司讨钱回来。社区活动中心（其实只是个堆了几个书架，有一些儿童读物，以及旁边有破废脚踏车与跑步机的一个空房间。里面有一个厕所，专门给警卫使用）上头拉出一长条红布条印着"区分所有权人大会"，前头则用列印出来的白纸，拼出"2015"四字。旁边就是警卫室，足够两个人在里头活动，本来是很炎热的，后来加装了冷气。里头有一台火灾警报器，还有一面墙的监视器，我没进去过，不过从外面探头看，狭长的桌子上有一些零乱的文件，在长书桌的后面有铁皮公务柜，里面不知道是什么。监视器黑白的荧幕，进行着无声的动作，车子无声地进出地下室停车场，住民无声地上下电梯，和打开自己的家门，当所有一切抽离声音之后，都会变得很无菌，好像没有什么伤害性，好像这世界不会有能量的交换，即使有人忽然在荧幕里倒下来死了，也会觉得漠不关己，而且又是黑白的荧幕，抽离了颜色就变得没有倒下来的重量感，一切变得轻飘飘的，只是布景与演员的组合而已。但社区警卫才没花什么时间去看监视器……

■

　　我对美君发脾气，不是说我是脾气多好的人，但绝不会想对她动手，心里很想把她揍下去，可是做不到，只是当她拍打桌子，我觉得无法再忍耐。如她所愿，我答应她能出去工作，因为我们需要她的这份收入，光靠我的公务员薪水养不好一家人。但我不是无情的人，她怀孕时，我也叫她不要去上班，好好调养自己身体，她不像外表那样强壮。女人要重回职场不是一件容易的事，我的好心，让她早点离开职场或是延迟回去，变成我的最大错误，但我不是为她好吗？她一直在焦虑，要赶快回去工作，一直烦这件事，我只是说何必呢？身体健康、小孩也健康，不就是最好的成就吗？

　　我是动手打了她没错，我很后悔，不，当时如果没有发泄怒气的话，我不知道之后会做出什么事情，但如果问我要不要再揍她一次，我想也不用了，这辈子不想再打任何人，如果要打，我的主管早就被我打死了（她也是个女的）。我不期盼美君会原谅我，像她这样的女人，我做了这事刚好是最不可原谅的。

　　我打了她不止一拳，先是将她推倒，然后我也坐到地板上，她惊恐地看着我，一定没想到平常温和、没个性的我居然会这么做，我当然也没想到，比她更惊讶，我连搬移摩托车进停车格都觉得辛苦了，近几年觉得老了，衰退很多。我年纪不算大，但是体力真的跟以前不一样，慢慢流失，缓慢到连自己都不知不觉。

坐到地上时，已经有意识地压抑情绪，我感到愤怒，但我想我压得住，就跟之前一样，但我看着她的脸，忽然觉得厌恶，我明明很爱这个女人，即使她的年纪比我大三岁，又神经兮兮的，但我是爱她的，她惊恐的脸色，很快就会转变成瞧不起我的样子，说一些风凉话，像是我很懒不做家事一类的（我明明做了很多），我伸出手压住她的肩膀，让她没办法动，也远离她乱踢的脚。本来想用拳头直接往她脸上揍下去，我实在太生气了，因此手握得紧到要出汗，要揍下去的话，完全可以直接揍下去，但我还是有理智的，真不简单，要揍下去之前，我后悔了，不能这样，会害她受伤，我往空气里用力挥了几拳，但是如果不打她，我实在不甘心。

我在她面前一挥再挥，这把她吓坏了，一直尖叫，好像我要杀了她，我大可以掐她的脖子，不过她的脖子挺粗的，我真的掐得死她吗？虽然我有一百八十厘米高却偏瘦。我看着她流出眼泪，但不打下去不行，我炫耀似的（但心里不是那么想）在她的眼前握紧拳头晃着，然后放开拳头变成掌，刻意绷紧掌心，往她脸颊扇下去。她大概以为我会非常用力，于是紧闭双眼，一边尖叫着，但我的愤怒已褪去大半，我的手非常接近她的脸颊时，才往她脸上又按又推，总共打了三四下吧，我想她能感受那力道，毕竟是带着愤怒的坚硬。突然，她的双手往我脸上打来，我按着她肩膀的手松开来阻挡，她试着要坐起身，我不想让她动，另一只手就往她的额头一压，砰的一声，她的后脑直接往木头地板撞下去，她发出惊恐惨叫，并没有昏过去，于是我像抓颗排球般地抓住她头，指头扣住她的嘴角，一直压着不让她起身。我忘了有多久，维持着这个动作不动，两人一起成了雕像。

一

我很久以前有去美君姐的脸书看过，毕竟是同事，会想了解一下她是什么样的人，虽然我是没加她好友啦，不过她也没加我跟其他同事啊（喔，对了，她跟我们有一个共同的 Line 群组叫"统计狂妞"，都是谈公事的），我看她的脸书好友才几个，有一个大概是她老公，没见过本人，反正没有跟我有共同好友。她脸书上的更新最新的是半年多前了，不知道是不是没加好友所以看不到新的，看得到的都是转贴故事农场的文章，一下子励志，一下子理财，一下子医药健康像是冰箱里冰太久的菜会致癌一类的，她好像是真的觉得分享这些对别人有好处。

她不爱和别人分享她的生活，她发过的讯息，也只有寥寥数人按赞，从那些留言里，看不出来有谁跟她特别亲密，像是没有实际朋友的样子。最多的就是她老公的留言，也不是只有在脸书这样，本来就没什么跟我们聊天，个人资料只填生日、居住城市和哪一间大学毕业，没填公司名称和感情状况，看之前的动态发布，好像曾经随便放了张公用图档的狗照片当大头贴，封面则换过彩虹和草地这种没意义的图，嗯……现在上去看的话没有放大头贴，只有个空空的外壳，像是意外车祸死掉，警察会用粉笔在地上画的人形。我是觉得她大概没在用脸书吧，那就不要设就好了，没别的意思，但脸书不就是用来交朋友，不然就抒发点日常生活的心情，设了却这样，看起来比没设还要孤僻又可怜。我也知道脸书上都是陌生人，哪有人朋友这么多的，但是管他的，就给他交友邀请按下去，要不要加随便人家，人家加我也是这样啊，去巡一下对方的田水看看好不好玩，不好玩或没哏，不要加就好了。

美君姐回家生小孩（我知道是女生，叫小娟），本来就可以请产假和育婴假，加起来请多久我不知道，但她好像没一年就跑回来上班，我觉得她这样有点可怕，要是我一定把假请好请满，待在家里让人家养，好啦，我现在没有男朋友。没多久，美君姐就在欢迎新进员工的聚会上昏倒，她说那不是昏倒，只是忽然觉得很想睡觉，后来她每天都偏头痛，无法静下来工作，又说是因为怀孕期间洗头的关系，但怎么可能跟这个有关系！越头痛她就越紧张，越无法工作也越无法跟其他同事相处，一整天怀疑别人是不是讨厌她，是不是在心里骂她，歧视她是个老女人，只要有人稍微给她一点脸色看，她就像是要死掉似的跟主管抱怨，好像随时随地会被仇家毒死。据她说，都是因为我们没人体谅她刚成了妈妈，需要多一点的时间与空间，坦白说，这关其他人什么事。

她没法专注做必须细心研究的工作，只好被调去一个庶务单位，不用花脑筋的，薪水少了一点。但她无法忍受被剥除了权力，觉得被瞧不起（是有那么一点），她在那里只能核对公司内部的签单，像是为会计部门打杂似的。她觉得自己失去了价值，但那边的同事说，仅仅这样的工作，美君姐也无法负荷，她的身体与心灵，照她自己嚷嚷的，是被她生出的那个灵魂都抽掉了能量，再也恢复不过来。

其实美君姐回家给老公养就好了，干嘛一定要做下去？如果不明白我们这一行是做什么的，可能会觉得大家很无情，把她踢走了（到别的部门而已）。可是这一行就是这样啊，一直要用脑子又要忍耐客户要求的无聊资料分析，我自己很同情她，但她老是头昏头痛，心情焦躁不耐烦，也不管客户要求自做自的，搞得对方直接跟老板要求换窗口，这里面眉角和机密那么多，常常牵涉到大量金钱，客户都谨慎得要命，这样她怎么做得下去。

……这些景象对警卫来说有什么意义呢？铁皮柜子里的东西，或许连警卫们都不知道，我有的时候好想进去，可是不行，门口贴了张告示，除了社区警卫与总干事相关人员，不准任何人进去。任何人的办公室都会有那样的铁柜，是从前留下来的，刚到职时可能会打开来看一下公文档案或办公杂物，但从此就不会再打开，像是放了颗沉重的石头永远在那里。谁都不知道里面的东西有多么珍贵，哪个人何时会用到，如果要找任何资料也不会去那里头找，可是所有人又把那铁柜当作无法消灭的，想要去整理时，就会有人来说："最好不要乱动，那个谁谁谁会用到这个。"我们到底要那么多铁柜干什么呢？是对资料不足感到恐慌吗？就像我现在在做的工作，永无止境地整理分析资料，对我来说一点意义也没有，可是有人宝贝兮兮地在乎这些。少了个铁柜其实一点关系也没有，可是我就是会很在乎，放了太多过去，也期待太多未来，过去已经死了，彻底地死去，不会再复活，就像把撕碎的纸片拼合起来，就像我现在还在怀念阿任你一样，你跟死了的人是差不多的，然后这尸体一直堆在我心中的铁柜，像是放了一头大象，没有人知道要如何处理一头死掉的大象，要等腐化要等一辈子，也不可能大剌剌拿出来放到资源回收处，或是丢到社区厨余桶里，我只是一直在口头上说着要整理要整理，其实一点也不想去动。有一个警卫非常高瘦，总是穿着凉鞋来上班，像根竹竿，我不太能忍受。他们上班的时候似乎被允许可以在花园里边走边抽烟，不过那人也抽得太多一些，而且那警卫看人的样子就像流氓，或许他本来就是流氓，眼神非常轻佻，我怕被他碰到身子。他斜着眼，嘴角往另一边斜，或是转交包裹时，面无表情地要对方把名字签一签，因为太高瘦，所以有些驼背，由上而下地看着别人，看他的嘴巴红红的，也知道是槟榔吃很多。他一副随时会让他的狐群狗党进来偷东西的鬼祟模样，但真有做过什么不对的事情吗？其实也没有，他从没碰过我，所以会不会是我太神经紧张了呢？这个社区一直太平无事。我不知道是不是他的脸，那尖瘦涎着我想象中的口水的脸，使他给人不好的印象……

■

我们这行决定能不能做好，就是资料取得和分析，美君姐和我们属于专做分析的研究员，一般人很难想象政府调查的资料有多么仔细，但事实上公布出来的非常少，我们有我们的手段取得各种资料（合法或非法），先分析建立几种模组，然后就派出业务员去各个公司行号拉客户，告诉对方有什么资料是他们很需要的，可以提升他们的竞争力。

例如我们会跟泡面公司提报告，他们需要知道农村对泡面原料的爱好，需要多宽多细的面条，是符合农村从业者食用的，农村、渔村、城市有什么差别，除了可以开发新品项之外，还能调整配销，但这都还只是明亮亮的部分，真正利益是将客户的配销状况再卖回给政府（合法或非法），作为掌握经济流通的资料，这些资料老实说不重要就不重要，这时就要靠业务员去吹嘘，以便公家机关买单。早期比较需要对乡村掌握状况，比方说要消灭反政府的游击队时，就得依赖这种反间，预先得知米粮、糖、盐、薪材、铜线忽然的流通，谁在买卖，是不是有大量囤积，或是缓慢地囤积等等状况。

我们这家公司不是什么光鲜亮洁的新创公司，当然也不是笼罩在阴暗面的非法组织，而是源自日本殖民统治时代的"厚生统计科"，里面有个特别小组在从事这方面的行动。国民党也不是笨蛋，一接收残余的日本官方机关，立刻就把这小组的人给集合起来，所有资料做了存储。总算没有杀他们灭口，结束之后，一批跟他们一起工作的外省人，离开公家机关，组成一般公司专门做民间的事情，一开始仍有秘密的公家资金，专门协助地方政府的统计部门做农经产销调查。

我们公司之前就是这样的半官方单位，当年黑金就必须透过掌握农渔会生活品项调查，全面了解各种民生用品的流通才行，即使一点点波动，就能够知道洗钱的方式，比方说光是中盘商对农户收米的分配，就值得注意。那不是民间在收米，而是政府透过收米来收买人心，借由白米可长时间储存的特性与销售机制，什么"巧妙操纵浮动的人心，轻巧幽微之处，不下于复杂的交响乐曲"，这些我也是听那些公司的老人说的，现在应该没有这么可怕啦，但这种地方最不缺的也就是老人拉帮结派彼此互斗的宫廷政治，和"以前都是这样"的神秘主义。据说暗中掌握政治性的资料，无论在白色恐怖时期或是黑金年代，都是得靠这个，难道有人会傻到以为所谓的黑金，是像黑手党或马贼拿到桌上分发掉吗？什么人该发钱,什么人该在聚餐的场合用球棒杀掉,什么人需要巴结,都得透过层层叠叠的资料才能确认,只有经过彻底分析过的资料,比起理科系的不遑多让,才可能决定接下来该怎么做。

我原本只想把他当作久别重逢的老朋友，真的，我从未一刻想背叛阿任你，我本来就安于身为你的太太的角色，不可能有任何非分的想法。但他是我唯一可以求助的对象，我们离家出走的瞬间，只有他能提供一间房子给我和小娟暂住……好吧，这是谎言，我决定带着小娟离开之前的几个星期，已经告诉他了，我不动声色地，像是联络同学会的公务口吻，假装生疏又不好意思地说了我们的事，那其实是一个陷阱，使他不由自主同情我，缺乏被人照顾的我，在公司里备受霸凌，而我的丈夫也毫不怜惜地伤害我，这一切原本并无逻辑也无因果关系，纯粹是偶然的结合。你会恨我这样做吗？反正你不在乎对不对？只有刚开始的时候，你打电话给我谈小娟的事，但后来就没再打过。我的手机停话之前，还曾传了这房子的电话号码给你，这电话就在那边也从未响过。

那台电话，在一张四脚方桌上，下面塞满零乱的旧报纸与《读者文摘》，是这个房子原有的配备，我和小娟搬来时就有了，没想到这年代还有这型电话，原本土黄色的机身变得更黄，按键四周非常锐利，按下去时会喀喀作响，像是规格不合。这电话不像是家用，而是公司用的，非常公务性，没有感情，只会一板一眼地说着公事。不会想用这个电话对任何人说甜言蜜语，一拿起来，就恨不得赶快将电话丢下，只想讲短短的话，有效率地解决一件事，即使对话的彼端是挚爱的情人或孩子，也会忽然变得俗不可耐，所有的话语经过这支电话都变得无趣了，这电话不会通往柔软梦想，只有不可更改的命令。

但这跟外型无关，也许是因为线路，从这电话里听来的，总没有那么清晰，永远夹着杂音，可能是因为年代太久，里面的装置线路已经损坏。刚搬来时，还觉得我可以和外人联络，用这个电话曾经打给妈妈。爸爸过世之后，她变得更神经质，虽然是母女，但我显然比较像父亲，有一种率性而为的男孩子气，不在乎细节，但妈妈是传统女人，一直要我留在故乡做公务员。我有许多事情想从这电话得到，即使是公事也好，所以换了新的线路看看，但一样没人打电话给我。

等等，那杯水放在电话旁边有多久了？有点搞不清楚，可能是早上倒的，也有可能放了好久，是给小娟吃药用的，水的透明度似乎没有改变，但那杯水在这个时空中默默蒸发，一直失去原本的样子，当我看到那杯水，它已经不是那杯水了，当我要喝的时候，它跟一秒之前或一天之前的水不一样了。我凝视那杯水，被透明玻璃杯子和空气所环绕，这跟人是一样的吧，灵魂注入了躯体这个容器之中，那么灵魂是不是从一开始就一直耗损下去呢？所以我们会越来越疲惫，越来越不像初生的纯洁，如水在空气中被诸神饮用，耗失了生气。

天啊，这日常对我来说就跟地狱一样，每一样东西都像长满针刀，即使喝一口水，也如硫酸一般烧灼我的食道我的胃我的肠。只要轻轻碰触什么，那什么就像长了倒齿利牙的狗，立刻会反扑我的手，将我的手指像花生米似的咬得碎碎的，这空气啊，更像是一锅滚油，我无时无刻不在当中翻滚，浓度高张的瓦斯，随时可能爆炸。我就像饿鬼道的饿鬼啊，但我做了什么孽呢？我唯一能够获得饱食的机会，是上界的人吐一口痰，我得吃上那一口痰才行，但如今连那一口痰的机会也被剥夺，每一次要张嘴迎接那口痰时，那痰就会蒸发，或者我的喉头会开始疼痛，以至于那痰我咽不下去。那痰也是灼热的，一吞下去就会烧我的嘴。我是饿也饿不死的饿鬼，一直非常非常饥饿，只有吃一点什么才能满足我的欲望。但每一口都是幻觉，每一口将吃到的肉或米饭，都会变成恶臭大便,但即使是大便也好,我也硬吞下去,结果却拉出了鸡肉与米饭,如此反复反复。

她总是眼袋浮肿，泛着黑眼圈，一看就知道是长期没睡好，我的观察啦，但是没人安慰她，我们跟她不是这样的关系。我们不是不关心她，只是觉得反正我们年轻人讲的她又不会听，她人生历练那么多，我们讲的对她也没什么用处，反而会嫌我们是在瞧不起她，她确实是这样，看着我的时候只流露出敷衍的表情，好像我什么都不懂。但是这个时代不是她想的那样，她会的东西我们不会，我们会的东西，她也不会，要说忙的话，我们比她忙多了，才没有那种闲工夫去在乎她心里想什么，关我什么事。好啦，这一点我们是一样的，美君姐当然有要忙的东西，有些可能很有意义也说不定，所以她大概也觉得，不在同温层的我们关她什么事。

空白的那段时间，美君姐被其他人给远远抛在后面了，稍微多一点点压力，她便容易昏倒，即便只是单纯坐在座位上。这是个半官方机构，员工福利还不错，断断续续让她留职停薪了好几次，希望她能恢复身体与精神，但她就是做不到，只要一回来上班就会陷入焦虑，到了后来几乎无法跟别人说话，仅仅只能坐在一根大柱子旁的位置，在她后方的铁柜塞满旧有的、不会再有人去翻动的资料，只是堆积在那边成为考古学用的地层。那些旧资料，或许有一百年之久，从日本殖民统治时代一直传下来，有的甚至是用棉纸抄写的户籍誊本。

她坐的这个位置，本来也堆满还可以使用但已经没人使用，没有墨水匣可以更换的镭射印表机、点阵式列表机和旧电脑荧幕、主机等等，其实若是整理过可能还可以用，上面贴着清楚的管理名条，每两年总务部人员还会重新规定由谁负责，这些东西虽然已不再使用，不管是好的或坏掉，也不可能有人检查，事实上算是死了的，但在那一本本管理清册中，只要被列表其中的事物，就"等于"是仍活着，所以每年都要贴上新鲜标签，告诉所有人它们还活着，在没有被宣告报废之前，不能被轻易弃绝。那么谁来宣告这些东西要报废呢？是最高最高的主管吗？说来可笑，根本不用，只要标签上面，那一连串列表编号后面的管理人声明这东西要报废了，经过总务部门同意（形式上假装有测试过，确实不能用了或过期了），报给会计部核销账就可以了。

但是不曾有任何一个管理人这么做，每个人都只顾着增添新设备，根本没有人知道自己被挂在什么东西上头，成了管理人什么的，更不会在乎那些每组有其特殊意义的编号。何况去报废自己管理的东西是吃力不讨好的事，对于自己的人生或工作一点帮助也没有，为什么要去做呢？并不会报废掉某个设备，就让自己收到一笔金钱，人格变得更高尚，或是对谁有所帮助，造福任何社稷百姓，若要去报废一台电脑，不如去扶一位老太太过马路，都对这世界来得更有帮助。

当她被安排到这个座位，敏感的她一下子便想到了，她跟我说："我自己就是这样的人吧。"无论她是不是对这家公司还有任何用处，这些都已经不重要了，她已经被取代，被置放在此处，甚至没有被报废的必要，公司的在职人员列表里，她仍然是活着的一个员工，照样领薪水享福利，没有人会想开除她（我也觉得不用那么无情），这是多么容易的事情，但谁要做这无聊的事情？不会有任何人包括这家公司也是，从开除她这件事里获得好处，她的身上也被贴了个标签，上头有个员工编号，她属于总务部门的其中一员，她的主管就是她的管理人，如此就好，结束了，不用再去想就可以将她放在这个地方，跟那些电脑与列表机在一起。

美君姐坐进那位子的第一件事，她在午休时间抽空坐计程车去花市买了盆桌上松树,她说:"坐在柱子旁风水不好,要一棵松树顶着化解。"这是她对被放在这里的唯一感想,也是最后有关公司的感想,从此之后,她再没跟我或其他人说过任何有关公司的事(我们也没再提起她),直到离职。

■

……有一次我加班半夜回来，发现他在跟别人聊天，一个穿着蓝T恤和黑色西装裤、穿着蓝白拖的男人，那男人就坐在警卫室里靠近门口的地方，一边嚼槟榔一边和他说话，那两个人就像兄弟一样，我很害怕。我知道我充满刻板印象，但这印象大部分的时候还是行得通不是吗？我请他帮我开门，他还是用那种我有什么美色可搞的眼神看我，但就那么一瞬间而已，好像是他固定打招呼的样子，等等，确实是这样，他对每个女人都是用这种眼神看的，就像举手打招呼，他好像把这样的眼神当成是给我们这些备受冷落的女人的恩惠，给我们的好处，我以为的那种强暴眼神，只是他长久磨炼下来对女人的好意而已，让对方以为自己还有点姿色，就像摊贩会叫人帅哥美女一般。对我来说是恶意的情感，对他来说是毫无感情的，他开完门立刻转头去跟他的朋友聊天，他那看起来混过的朋友，连一眼都没瞥向我，就像我毫无重要性，他才是这里的主人，我只是只野狗。他们两个人完全忽视我，不知是忽视这个社区的人，还是只有我，这比他用色迷迷的眼神看我更恐怖，他们好像轻而易举地掌握这个社区，我们只是他们来来去去的禁脔，若要在这四面围墙进出，全得经过他们同意，他们是狱卒，我们是囚犯。

这警卫完全一点服务业的样子也没有，没有感到抱歉，居然带了个人来，破坏了规定，而认定我们一定奈何不了他，第二天，他照常来上班，傍晚遇到他时，他不说话，仍然用那种邪恶的眼神看我，好像我很丰满，可以让他吸奶头，可以让他尽情玩我的胸部。但这次我觉得，他是用眼神在告诉我，昨天的事情谁都不会说出去，那是我们三个人之间的秘密，你知道的，谁说出去谁就会被自杀，我产生一个复杂的幻想，好像只有我知道他们即将夺取这个社区。或许管委会早被他们把持，房仲收了他们的好处，当不愿意合作的人家被迫搬走，被孤独留下的我也不愿对即将搬来的人说。要是年轻的我，我一定会说那就立刻搬走好了，可是你不是这样的人，你一定要我别管这样的事情，光是借钱被人家骗走一事，我当然也很生气，但你却把我当成笨蛋，连这种事也会被骗。在你的眼里，我只是个过太爽，心里面只想着自己未来的人，根本搞不清楚这个世界真实的样貌。我是一个再现实不过的人了，但正如你所说的，我的人生实在太过顺利，我想要得到的学历、工作都一一得到了，没有什么困难，除了没有出去留学，取而代之的是我结婚生了孩子。我有那种理想性和为了达到理想的冷酷性格，但我却从来没将这性格发挥出来，就已经得到了我想要的东西，也就是说我从来没有使用过真正的能力去跟这个世界搏斗，就得到了想要的一切，你说，这让我以为自己很厉害，但其实只是很幸运。我无法知道我有多么坚强，也就不知道我有多么脆弱，等到必须要面对的时间来临，可能就是最后的时刻。可是恶事不能只发生在我的身上，我不要是这个世界上唯一被伤害的人，而且被伤害的我，其实已经是共犯了。对不起我的，是没有保护我，使我受到伤害的善，而不是伤害我的恶，之所以不告诉后来的人，当然是要使其受到一样的伤害，跟我站在同一立场，这样才能彼此安慰。更重要的是，有人受了伤害，才会让我自己看起来不那么贱，"你看，谁谁谁也是一样贱，一样愚蠢"。而且比我还蠢，我只是被一个人伤害，但谁谁谁是被我和那个人"一起"伤害了……

■

　　美君刚刚搬来时，我会找借口去那间房子。她什么也不用买，里头有前一位房客留下的家具，那家伙一家人像是逃债似的，连押金也没拿连夜消失，很可惜是个好房客，把房子维持得很不错，房租准时交，既没养宠物也没养七岁以下的小孩。这是我父母买的旧房子，以后打算来住，我跟美君说她可以住一段时间没问题。去的时候，我们多半谈过去的事，大学时代有哪些事情一一拿出来确认，好像不先这样子确认，就无法再往前一步。

　　当然也会谈未来她要怎么办，难道她要以单亲妈妈的姿态活下去吗？我说："是不是要跟你爸妈说呢？跟他们商量看看，住在这里一段时间没问题，但如果不打算跟你老公复合，不然就搬回南部吧。"她听我这么说，好像觉得我想把她赶走。我当然对她没有以前的感觉，我有稳定的女朋友，至少乍看之下是稳定的。因为还有小娟在，所以没办法说太激动的事，只是偶尔我会抱抱她，让她不至于那么沮丧。

　　八点钟之后，她哄小娟去睡觉，要我等她一下，不要先走，我说好。她迟早得做出选择，要么就是努力一个人活下去，这样的话依她的个性不可能做什么自助餐店收账阿姨，她是想做那么多事情的人，一定想找个正式工作，我们都是快四十岁的人了，类似她原本的工作是不可能再有人聘用她，说实话，照她现在这样的状况，也无法胜任得长期用脑子的工作。

否则她就必须要跟老公和好，把孩子带回去，我想这是比较合理的做法，也是最轻松的做法，毕竟老公对她还是好的，虽然她说他会打她也去警察局备案了，但我在她身上没有看到什么永久痕迹，我想大概就是推来推去的程度而已。如果让我劝她的话，我会说那就回去吧。最后一个选项是回老家，不过我对她老家的情形一无所知就是了。

当她哄完小娟睡觉出来，她摇摇头说，爸爸已经过世了，她不可能去麻烦她妈妈，她唯一拜托老公的事，就是请他暂时不要告诉她妈这件事，她会自己跟她说。这一天她没有告诉我为什么会这样，只是哭而已，她只说如果她妈知道这件事，一定会觉得她很丢脸，死掉的爸爸也会这样认为。她抱住我哭，我只好吻她，我们两个知道这件事一定会发生一次，至少一次，我虽然有女友，但是这跟有没有女友无关,甚至跟性爱无关,我只是要跟她彼此慰藉,完成一件我们年轻时没有完成的事情,一样的,这事情没有完成,我们就不可能再继续进一步。

一

怀孕生小孩之前，我想尽可能和阿雅你变成像好姐妹一般的同事。你的年纪比我小了十岁以上，虽然不是完全没有工作经验，但对我来说还是像孩子一样青涩，或许只要不符合我的标准，我都会这样觉得，我对你和其他人很生气，看你们又笨又不努力，简直浪费生命。或许我实在太自不量力，个性不适合跟年轻人相处。我以为自己可以学会好脾气，毕竟已经出社会这么久了。

不过还是不行，我终究没办法和你和其他人好好相处，你们心里一定也觉得我是个老姑婆吧，明明你们的事我什么也不懂，一整天只想跟你们讲公司的事，到最后根本就不可能要求你们做我认为该做的事，你们表面上说好好好，但实际上一拖再拖，拖到最后不是我自己去做，就是让事情自动消失。我也知道，事情不会那么顺利，往好处想，你们能这样决定也不简单，很擅长反抗，我以前也会这样反抗吗，对我觉得不公平的事？

"白痴。"我心里这样骂你们，以为自己有多厉害吗？如果不是我在这个单位罩着你们的话，你们出去能够混吗？居然已经到了不把我放在眼里的地步了。说什么要请谁看看？那是别的部门的人啊，但这样一想不觉得自己很悲哀吗？居然要跟一个年纪比自己小十几岁的女生对抗。如果是身体，我早就输你们了，可是这是职场，又不是在比男朋友、比谁有魅力，你们以为自己年轻，完全不把老人放在眼里，你们压根就觉得，像我这样的老人只是在扯后腿，什么也无法教你们了。只要有一点跟你们意见不同，就会立刻被打入："喔，因为他们是老人啊，所以会这么想。"你们是受害者。

月经来也是最好的借口，我就从来没有用月经当借口不上班，你们对我的样子就好像我是个没有月经的人，但我还很有月经好不好，我也知道月经来有多么痛苦，但如果不能控制痛苦，也要能控制脾气，谁在工作时会管你月经来不来，我当年工作时，就算是真的生了病也不管，躺在医院里时，老板还要我交报告啊。

当我终于重新回到公司，已经不可能再有以前一样的日子。我们换了个新的男主管，是法律系毕业的，比我资深一点点，我不相信他的能力会比我好，据说是从业务部门调过来的，另外补了两个年轻的助理研究员，但阿雅你的好女友却离职了，你们两个总是黏在一起，如今她走了，你怎么活下去呢？你们一起去吃饭，一起去上厕所，一起去超商买东西，当一个人离开后，你会感到孤独吗？而她还会记得你，私下会约了一起见面吗？我不知道，我没有这种经验。

你们不再听我说的话，我在你们的职场里已毫无重要性，我还是准时来公司上班，刚回来时你们还会对我说"生孩子真是辛苦啊"一类的敷衍的语词，后来迎面仅仅是一般的打招呼。你们会巧妙地挑我绝不可能一起去吃饭的时间约我去吃饭，装出好像愿意与我一起开心或生气的样子，但这一切都是适应不良的假装，当你们流露出那种"我们这个世代最棒最青春可爱最无敌最愤世嫉俗最讥讽的脸色"时，我会回想自己以前是不是也这样，觉得反正只要是大人的世界就一定恶意到不行。你们完全不懂得隐藏那种自然而然露出的眼神，不知道在这个社会里，不能让人家这么轻易地看穿。但是我呢？真的让人那么讨厌吗？好像我一点也没有存在的必要，在你们的眼中，我像坨大便不值得一看。当我真的离开公司，而且知道再也没有可能回去上班，我才开始真正理解，你们看我的眼神的意义是什么。你们眼里射出来的，并不是指责我的工作态度，或是我露出不屑的眼神看你们，甚至也不是痛骂你们，或是我一再地交代琐事让人觉得烦躁。你们从不质疑自己是不是不够厚道或不够理性，几乎没有任何审查内心想法的机制,像是天生地打从心底的心底看不起我这个人,无论我事实上比你们优越多少,你们都不在乎,你们就是对我这个人的生活方式感到恶心,仿佛我天生就是这样,我走了,你们可以松一口气了。

一

她不是个温柔的人，虽然她自己常常这样认为，但那都仅限于很小的地方，只要她偶然买早餐给我吃，或是某一天提早回家先准备了晚餐（只是在外头买好了便当），就会把那个当作自己是温柔的表现。她的心思本来就不在我身上，或者说本来就不在生活这件事上，所以会这样理所当然，我不怪她。我当然希望她会自己回家来，但我想按照她的脾气是不可能的，问我是否后悔对她动手动脚，我是后悔的，只是当时情况我不可能不对她动手，我实在太生气。我捉住她肥厚的脖子，留下勒伤痕迹，压打她的脸，使她额头、嘴角流血，把她推倒在地上，也可能使她背部受伤。

我的神志慢慢恢复，有些水土不服，如长途旅行归来，放手让她起身，她退开一段距离，用一种惊恐的眼神看着我，我没法从里头看到失望，在她内心深处应该知道我不是这样的人，我们相处这么久了，她怎么可能不知道我是个温和的人呢？所以我做出这样的事一定是一时冲动，但她怎么也不相信吧，我真的做了，我也知道她不可能原谅我。

她自己去医院验伤，一句话也没说地把我跟小娟丢下走出家门。我知道这不可能挽回,像她这样的女人不可能允许男人打她,她那么骄傲,我想不是每个女人都这样,有的女人可能被打个几次都不会去验伤,会继续忍受着那苦继续生活下去。如果没有小孩,她也许不会这样反应,她也许会先跟我吵架也说不一定,先痛快大骂或大哭,我和她吵架时她总是这样,会用很恶毒的话骂我,把我骂得一点尊严也没有,好像我不是她的老公而是她的下属。我没去过她公司看过她工作的样子,但我想她不会这样骂同事吧,就好像不值得她用任何正面态度看我。我可能连狗都不如,或者像是只会屎尿的小孩,她把我看成一文不值的东西,这时我会想,我为什么要爱这个女人,她为什么不想想我对她好的部分,或者她对我坏的部分,她好像成了高高在上的人。

但她这次一点也不骂我,所以应该一瞬间铁了心。她离开家之后我一个人看着小娟,她正在睡觉,其实不知道怎么办才好,不过我想她不至于做出太奇怪的事来。我为什么没有追出去道歉呢?因为我那时也正在气头上啊,她要做什么就随便她好了。我没想到的是,她拿了验伤单而且还去警察局告我家暴,我觉得不可思议,一般人怎么可能就这样去警察局呢?我一辈子没去过警察局,我想她也是吧,是什么样的动力会让她忽然想:"我·要·去·警·察·局·告·老·

公·家·暴。"甚至"家暴"这个词也不曾出现在我和她的脑子里吧，我不认为我跟这词会有任何关系，这不就撕破脸了吗？何必呢？我明明不是这样的人，拜托，美君明明知道的，夫妻一场，有必要这么不讲情面吗？是不是她根本就没爱过我呢？

一

　　……凭什么他要用那种眼神看我,但又那样看别人,我真正生气的是这个,当我发现时,忽然觉得自己并不重要,我不是一只特别的肥羊,也就是说,我并不是被挑选过的。我向来都是被挑选过的人啊,被挑选进入好的学校、好的公司、好的家庭,这个低劣的人为什么不挑选我伤害我就好了,难道我的条件不够吗?我的胸部不够大吗?不够勾引他色迷迷的眼神吗?其他那些女人哪值得他露出那种眼神,当一个流氓,总该知道谁是可以伤害的对象,而不是随便找人开刀才对。那些女人有什么值得,长得又老又丑,身体又平板,跟丈夫的感情又不好,你就算对她们怎么样,也不会有人感到痛苦,可能还会觉得很高兴呢?有个女人特别令人嫌恶,明明有老公了,居然一整天跟他黏在一起,坐在警卫室外跟他聊天,凭什么?看起来就像个菜市场卖菜的庸俗女人,穿着平底鞋镇日在社区里走来走去,翻翻资源回收场有没有可用的东西,然后就像发现什么宝贝似的带回家,就是这样无知又没有气质的女人,凭什么能这么快乐?能有一个男人整天陪她说话,说笑话给她听,一直如牛铃般笑着,她则陪他为社区花圃浇水,为他整理垃圾箱和刷地。她为什么不自慰就好,把自己变成两个人,想象自己的手是另一个人的手，去搓揉自己的胸部，去按扭自己的阴部，像是在榨果汁或挖木瓜一样。她的老公为什么不嫉妒，为什么不觉得她是个贱女人，居然在社区里勾引男人？我不知道这女人叫什么名字，她叫什么名字不重要，我不关心，她就跟一般社区女人没两样，我怎么会跟这种女人住在同一社区，她凭什么得到幸福？在这个烂得跟屎坑一样的地方，她凭什么像是一睁开眼就如同生活在天堂，只要那个警卫有轮班的话，为什么她让这个警卫看起来像个好男人，她是不是从警卫那里听到一句刚好挑动心思的脏话，一幅被描述得清晰动人的景色，一句难得的安慰，所以就高潮了。或许他也有老婆孩子在远处等待着他回家，但在这个社区里，他俨然是个有情妇的成功男人，但他不过是个收入只有两万多块的贫贱男人，为什么他们两人可以如同在豪宅里偷情，不对，不是偷情，而是名正言顺包了个情妇。就是在这里……

■

　　隔壁房间睡着她的女儿小娟，而我在客厅里把她脱得精光，她的身体又白又嫩又丰满，肚子有点大，胸部因为很壮观也有点下垂，我也比以前胖了许多，一边吸她的舌头口水和眼泪，一边搓揉她的胸部，她则努力地要让我的那个硬起来，我昨天才跟女友做过爱，实在没办法这么强，但总算还是硬起来了。我有点担心太大声会吵醒小娟，"不会的，别担心。"她没有大声喊叫，只是顺从地发出哼声。

　　她说："我爱你啊，要是我嫁给你就好了。"
　　我说："嫁给我会怎么样？"
　　她说："你一定会很宠我的，我知道，我们可以一起住在这里，把这里布置成法式乡村风的样子，好不好？我们只要像现在这样做爱，不要生孩子，这样就可以常常两个人一起去旅行，我想去地中海那边，好不好？"
　　我说："你什么时候变得这么浪漫啦！"
　　她说："我才没想到你是这样的人，居然会在客厅里这样。"
　　我说："你以前又不知道我是不是这样。"
　　她说："你以前就是这样吗？"

我说:"不是,是年纪大了有点历练才变成这样。"

她说:"要是我们结婚的话,一定会很开心的。"

我说:"如果跟你结婚,你一定也是个工作狂吧。"

她笑了,肥肥的脸看着我:"你真的很了解我。"

我说:"会不会压痛你了?"

她说:"如果是我在上面的话,我才会压痛你吧。"

我说:"也是。"

她说:"喂,没礼貌,我可是女人,你不能这样回答啦。"

我说:"喜欢吗?"

她说:"我好喜欢,但不要让我怀孕喔,怀孕我们就有很长时间不能做了。"

她好像是要我常常来找她,我心想这样也不错,也不会对不起她,是她要我这么做的,何况这里我只收她一半房租也算仁至义尽了,毕竟还是要给爸妈钱。沙发把墙壁摩擦出声音来,她终于开口要我小力一点免得吵醒小娟,"不想要有任何人受伤。"她喃喃自语地说。但这是痴人说梦,哪有不要任何人受伤的恋爱。一旦开启了这事就不可能有良善结局,我们对于自己的心胸有太过宽大的推估,也对自己的善良有过高期待。更重要的是,我们太过低估自己的欲望,那是随时一点一滴累积的,无论刻不刻意,都会变得越来越恶化。

一

……他们过着与我截然不同的生活,在这么无聊低级的地方,他们沉醉在爱情与性欲之中,他们也许在社区活动中心的厕所里搞过了,或是在地下停车场,或是在夜深无人却明晃晃的警卫室内,凭什么他们这么快乐,而我却没有。那样的女人是无法跟我相比的,可是她却轻而易举得到她想要的,这不仅是她想要的,应该是所有女人想要的,不管对象是个绅士或公司老板或"立法委员"或仅仅是一个嚼槟榔看起来像流氓的警卫,只要能得到这样的一个人,就会使自己像个胜利者,足以傲视其他社区的女人,在这个狭窄的巷弄街道间,她成了唯一一位获得额外幸福的女人,就像是个得了乐透的暴发户。我看见有人对她酸言酸语地说话,但她毫不在乎就好像瞧不起别人,她的确有这样的资格,毕竟只有她一人得到。所有的肮脏辛苦劳动,她为这个警卫所做的,都成了爱侣之间甜蜜的象征与证明,那是他们两人的世界,在这个小小社区中庭,没有人可以干扰他们共有的生活,没有人可以抢她的事情做,这很奇怪,本来就没有人要做那些事,但现在却被强迫剥夺这个权力,反倒让人想试试看,那样的为一个男人刷洗地板的幸福是怎么一回事?我也能得到这样子的幸福吗?我试着把我的愤怒与嫉妒压制住,但这样一看到阿任你,我就觉得你很没有用……

一

妈妈要带我去医院看病，我已经感冒了很长时间，但我可以不用去看病的，我也不知道我们家有没有钱，可是我又不是笨蛋，妈妈常常都在家里没有出去工作，怎么可能会有钱呢？以前在家的时候，爸爸都说他要出去工作，妈妈也要出去工作，这样才会有钱赚给我读书。现在已经好久没有看到爸爸了，他是不是有钱给妈妈呢？我小时候只要去嬷嬷家就常常哭得很伤心，因为一整天看不到爸爸妈妈，我又不是小猫，可以一整天都睡觉，他们好像没有我也没关系，嬷嬷家的小猫有时候跟我玩，可是它常常玩一玩就跑去睡觉，睡一下子又起来。爸爸说我虽然很可怜，可是还是要把我送去嬷嬷家，要我忍耐，我不知道要忍耐多久，我去嬷嬷家本来就很可怜，没有东西在那边可以忍耐，可是以前妈妈就说，我要自己跟自己玩，不然嬷嬷也不能一整天陪我，嬷嬷家还有别的小朋友，但他们的年纪都比我大一点点，虽然只有大一点点，可是就觉得我很无聊，我为什么会知道无聊，因为他们都一直说我无聊我无聊，可能我的脸上有什么东西看起来很无聊吧，妈妈现在常常不用上班，说可以陪我，这样对我比较好，我也很喜欢，所以我感冒的时候不敢跟她说，万一她说因为我感冒了，家里没有钱，她要出去工作赚钱才能让我去看医生，这样我不就又要去嬷嬷家了吗？

其实我没有不喜欢去嬷嬷家，她会给我看电视还有吃饼干，大部分的时间还是会陪我玩，有时候是大姐姐，她只要在家的话，她好像是有去上学，很大的学校，后来我有时候会去幼儿园到下午三点，然后才去嬷嬷家，以前爸爸会跟妈妈一起来接我，不过大部分都是爸爸一个人来接我，妈妈好像很忙的样子，没办法来接我。可是我很喜欢去幼儿园，好像是真的上学一样。所以我不想跟妈妈讲我感冒了，只要我不咳嗽，也不要流鼻水，也不要跟她说我吃不下饭，她就不会知道我感冒了。我以前也常常感冒啊，我问爸爸说什么是感冒，他就说像我现在这个样子就是感冒，流鼻水咳嗽这样。可是我还是一直这样，我不喜欢去看医生，也没有那么不喜欢，因为要打针所以不喜欢，可是如果结束之后跟以前一样，爸爸会买汽水给我喝，我就觉得还好，我在嬷嬷家没有汽水可以喝。然后我也不喜欢妈妈去上班，这样的话不要去看医生比较好。

但是妈妈说要去看医生，很早就把我叫起床，我们走路去，我好像很久没有出门了，也没有人来看我们，我有的时候会想爸爸，为什么这么久没见到他，我会一直哭。有时候会来一个妈妈要我叫他伯伯的人,但我以前的伯伯里没有他,好像是来了这里才有这个伯伯,我不知道他是来做什么的,他其实也很少来,只有来了几次吧,刚刚搬来这里有来过几次。妈妈会跟他说话,伯伯会抱抱我,说我很可爱什么的,他就跟其他伯伯一样,会捏我的脸,会在我的身上到处乱痒,我喜欢他这样痒我,我就会一直笑一直笑,然后他跟我玩玩具。我有一整桶的玩具,狗狗和小猫,一些盘子和积木,他也有送我一组像妈妈在煮饭那样的玩具锅子,但我不太会玩这个啦其实,我喜欢玩球,他只要一丢我就会一直去追,会跳的球,他跟妈妈都说我跟猫一样,是不是跟小猫相处久了变得很像了,我觉得是猫学我的,我想睡觉的时候,伯伯有时候还没走,我也不知道他是什么时候走的,等我醒来他就不在了,我有的时候半夜会醒过来好几次,每次都只有妈妈睡在我身边。

我和妈妈走路去医院,我不知道要走多远,这是我第一次用走路去医院,以前都是爸爸开车载我去,可是跟妈妈走路去很开心,虽然有点累,路上有很多车子不是那么好走,我看到一家蛋糕店的时候,发现有巧虎蛋糕。

我跟妈妈说:"我们之前也有吃过巧虎蛋糕耶。"

妈妈说:"对啊,去年我们就是买巧虎蛋糕啊。"

我说:"我下一次生日也要再吃一次巧虎蛋糕。"

妈妈说:"好,那我们就来这里买,这家店离我们家很近。"

这样是不是很奇怪,这里不是我们以前的家,可是妈妈说以后这里就是我们家了。我说:"那爸爸也会来住这里吗?"妈妈说:"过一段时间可能会吧,他现在很忙,我们只好自己先搬家过来。"搬过来的前一天我没有跟爸爸说再见,因为我很早就睡觉了,妈妈现在都是八点钟就跟我一起上床睡觉,但她以前有上班的时候,就没办法这样,现在这样比较好。

一

　　……为什么你没办法让我产生这样的感觉，让我可以抛下一切颜面去为你做你不想做的事情，而只是你说什么我就想反驳什么。你知道，我甚至不敢正面看那个女人，我会自卑，天晓得，我拿一些破铜烂铁和几个大卖场送的不要的杯子去丢，这个女人还蹲在地上问我："这些东西要丢了啊，真是可惜。"现在的我居然为这样的女人感到自惭形秽，觉得自己的人生没有幸福可言，倒是她看着我，露出无辜的表情，不对，她好像不认识我，对我毫无印象，我这种没有得到幸福的女人，在她的眼里既没有生存的光芒，也没有任何需要被记住的价值，所以面目就变得很模糊，我就跟其他社区女人没有两样，只是平庸的一人，但你根本不在乎，还乐在其中享受她和那个警卫带来的服务。可是他身为一个恶人有什么乐趣的呢？我对这个警卫感到恶心，不是因为他的表情，而是因为他什么也不做，只是一味地看，而且没有标准地看，就像他的人生毫无重点，他只是来这里打工的，连恶事也不做。并没有规定一定要摆出那种样子，人家才会感到害怕，但至少要针对目标去伤害对方，他的人生的重要性不就在于此：做个真正的恶人，使别人受到伤害，而不是在某些特定场所摆出一副色狼的模样，交班后又变成了好爸爸好先生。后来这个警卫没再来上班了,不是我去告发他做了什么坏事,我也不知道是因为什么原因才没来,也许就是没有热情了吧。这些警卫来来去去很平常,不会有任何理由告知,换掉他们就跟换掉日光灯管一样,就跟我的最后一份工作一样,我去贴小贴纸,这是要到派报社去领贴纸或传单……

一

　　经过巧虎蛋糕之后，我忽然看见一个奇怪的人，不知道妈妈有没有看见，最近我叫她的时候，她好像常常听不见我在说什么，要一直叫一直叫，我只好一直呦呦跟小猪一样，像我要叫她帮我倒豆浆，她也会听不见。她好像会分心在想什么，好像看不到我的样子，我要是玩玩具玩得没听见她在说什么的时候，她就会说我在分心，不能一边玩玩具一边要看巧虎，这样我会分心，就是会两边都没注意到，好像会这样，但她也是这样啊，伯伯来的时候，她就常常会分心，一下子我在说什么她也都听不到。好像只有伯伯说的话她才听得到，这时候我就会比较想跟伯伯玩，可是伯伯好像也会分心。经过面包店的时候，我没有想吃面包，可能因为我生病的关系吧，爸爸以前说生病会胃口不好，吃不下东西，我好像就是这样，而且最近妈妈常常买面包给我吃，就是那种一条白白的，切成一片一片的吐司，涂上果酱，妈妈有买两种果酱，一种是草莓的，一种是葡萄的，我比较喜欢涂草莓的，但是两种一起涂也很好吃，不过以前都是爸爸涂给我吃的，然后送我去嬷嬷家之后，他才去上班，有时候妈妈还在睡觉，我前一天也没看到她，有时候妈妈已经出门了。

一

　　弟弟过世有一阵子了，他是取代我完成去海外留学的愿望的人，但我的愿望其实没有什么了不起，爸妈你们本来就不赞成。我是希望能去海外念书，但也没有那么积极，我去考了留学的英文测验，成绩一般般，也报名公费留考，但没有考上，像我这样的人太多，实力更好的人也很多，我并没有那么用功，或者没有我想象中的用功。

　　我知道在爸妈你们两个人眼里，我是个过度认真的孩子，但我那样用功的心情与专注力，好像在大学时代用完了，我必须逼迫自己念书才行，而不是像之前那样有个简单清楚的目标就会自动不辞辛苦地念书了。准备留学考试时我其实不太认真，心里老是想着出去玩，常常找借口不去补习，然后跟一些念研究所的同学去夜游，或是去郊外健行，甚至去pub跳舞，虽然这不太符合我的脾性。那段时间我也变得比较会喝酒，喝了才知道我的酒量还不错，小半瓶的威士忌可以一个人默默地喝完，只有一点点微醺。也喜欢喝龙舌兰酒，抹上盐，可以和同学朋友一杯接一杯干杯，再咬一口柠檬片，连续五六杯没问题。我没有好好准备，当然考不上，说实在的我已经不像以前那么在乎，我觉得自己总算脱离了过去的那种个性，那种不被疼爱的个性。

何况你们本来也反对我留学，你们只希望我好好地当个公务员或老师，我念那么昂贵的私立大学那么冷门的系，已经够你们头痛。我当然会觉得不公平，从以前到现在都觉得你们是偏心弟弟的，我和弟弟相差有六岁之多，你们有了他当然很开心，也就一直希望他能去海外念书，我和弟弟的感情虽然不能说很好，但只要一回家聚在一起还是几乎什么话都说。他一直念第一志愿学校，大学念了公立大学，他知道你们对他的期待，也一直很认真，他的个性虽然比较爱玩，但一直是个沉静有礼的孩子，足以应付各种人情要求，算是满足你们对他的期待。他大学毕业就去美国念书，他跟我一样没有考上公费留考，但是你们并不在乎，没说这样就不能去海外念书。他念博士时结婚了，这也没什么特别的，我们一家人都去美国参加婚礼，但这下子他要回来陪你们的机会就很少了，你们也知道，却从来没念过他一句。

然后他得了急病死了，抛下新婚妻子和你们，就是那样，像弹个指头似的，以这个为转折点，家里就变得不一样了。你们期待的儿子死掉了，正是要拿博士学位之前，你们的期待完全落空。我变成了唯一可以安慰你们的人，是这样吧,其实才不是,就算有一百个我也无法取代他,而且那时候,我刚怀第二个孩子,这个孩子是阿任的,小娟不是我怀的第一个孩子,甚至也不是第二个,我怀的第二个孩子就在这时流产,在这样的时刻,你们好像也不在乎。也许是弟弟死掉让你们分心,或是因为被你们发现我曾经堕胎拿掉第一个孩子的关系,你们对我以及对自己的人生早就失望透顶。

一

不是我们不爱她，怎么可能呢？弟弟死了，我和她爸很伤心，伤心到也想去死，我们一辈子的努力算什么，但这不表示我们没爱她。

我们不是那种老古板的父母，我们只是比较保守，难道我们连保守一点的权力也没有？我们对她的要求很简单，就是那些大家都会要求的举止要端庄，对人要有礼貌，不能开口乱笑，笑的时候要遮嘴，不能像鸭子一样地笑，不要老是穿牛仔裤，坐的时候不要脚开开或是跷脚，讲话不能太直，要委婉一点，这样而已，她要是男生就算了，可是却喜欢跟男生混在一起。我们是不是比爱她更多一点爱她弟弟呢？我想是的，我和她爸爸毕竟是传统家庭长大的，对男生多偏颇一些也不奇怪，她弟弟小她六岁这么多，她也应该要对他好一点，但是我敢保证我们给她的不少于给她弟弟，她还不是一路念上大学，还去考公费留学，我虽然有一点点不满，但是没有阻止她不是吗？是她自己没考上的。

我希望她能当个公务员或老师就好，企业社交给她弟弟，不用她管，不是因为女孩子以后一定要嫁人，我才没那么老八股,她是个独立的孩子要不要结婚随她的意,我们从来也没逼过她。好吧,我们确实有安排过相亲给她,那是因为有个老友就是做媒人这一行的,问了好多次我们无法拒绝,最后的结果难道不好吗?她这个先生阿任是个安定的公务员,可以好好照顾她,就是从相亲来的,他是个好孩子,人也单纯,我们可不是帮她挑选什么有钱人,虽然只有二年技术学院毕业,年纪还比她小一点,人家不嫌弃她三十几岁还没有嫁出去,说我们是老古板也许就是这样吧,觉得女人应该早点有归宿才好。

她高中时曾经喜欢过一个学长,那个学长还来家里陪她一起上学,对方在男生第一志愿的学校,我们还是阻止她了,毕竟是高中而已,还要考大学不是吗?我不会因为她是女生就叫她不要好好考试,我和她爸只是太忙,她是长女要会照顾自己,一间小小的进出口企业社要维持很难的,早年特别辛苦,整个公司加上我和她爸只有五个人,就像是把长满碎石头和玻璃的贫瘠土壤加水,硬是捏出一个形状,搞得一双手都是血痕。我也是长女,拉拔大三个弟妹才结婚的,美君只要自己读好书就好了,有什么好不满的呢?

后来听说她念大学时有喜欢的男生,但不知道为什么一直没有交成男朋友，这可不是我阻止她的，我也很想看看她喜欢的男生是谁，甚至直接告诉她，可以把他带回来家里看看，可是她说她跟那个同学又没有怎么样，说要带他回家他不吓死了，何况人家还不一定是有喜欢她呢！我想说那个男的有什么了不起，还不就是从乡下公务员人家出身的家伙，有什么资格对我女儿挑三拣四，我们有这样的想法，不就表示我们其实很开放吗？

难道她是怪我们用相亲的方式让她结婚？我们只是安排这两个孩子见见面，当然人家介绍的，我们就得到场，男生的家长都已经过世，却还能这么坚强实在很了不起。双方亲友坐在一起，说传统当然是很传统，那是在一个湘菜餐馆，是我们市内很有名的老店，她爸爸不是喜欢说话的人，有一点点派头，也喜欢这种老式情调，这家菜馆是很多小企业社送往迎来的地方，美君小时候我们就带她来过，难道美君觉得这是一种公事吗？我们并没有这样的感觉，但她会不会这样想呢？我们挑选这个菜馆只是因为很熟悉，气氛上她爸爸比较能够掌握。当天看起来还算蛮顺利的，对方陪来的是姐姐，是个气质还不错的美人，据说是在公关公司当企划总监，光听头衔也觉得很大牌，但是太过时髦了一点，我有点不适应，还好不是我儿子要相亲。

美君穿一件白色洋装，裙摆长过膝盖，我觉得很正式，阿任穿了黑色西装，我觉得有点太像业务员，不像是做建设局的公务员。双方介绍的时候，说他是幺子，念设计的，本来想要当完兵留学去念设计学校，但因为父母一年内陆续过世，心里忽然不想离家太远，怕跟兄姐生疏了。总之相亲那天，我和她爸爸什么也没问，只问他生活是不是过得去，既然是公务员，就不会太不好，我看他们两个人也蛮谈得来的，都是年轻人就算只是见见面聊聊天也无妨，真的只是这样而已，我发誓。

所以，当我们知道美君怀了孩子也很高兴，但没想到流掉了，人家那边的亲戚对美君怀孕时拼命工作到生孩子前最后一刻本来就不谅解，后来还听到许多恶毒的流言更可怕，何况当时帮阿任拿主意的媒人是我们家以前的老员工，这不是更让人家说闲话吗？我不是看不起女儿，真的嫁不出去也没关系，只是觉得她有个归宿对她的人生比较好，但我和她爸爸怕别人以为我家女儿是嫁不出去才硬塞给老员工的年轻后辈，现在发生这样的事，不就落实了人家的闲话，我和她爸爸拉不下这个脸，我们对不起人家，这就是落了个把柄给人家。

她真的因为这样不再跟我们那么亲了吗？是因为我们要她嫁给阿任的关系吗？我平常又忙得没法管，我问她爸爸，她爸爸说后来也是他们自己去交往的不是吗？我后来看他们没什么进展，还要亲戚再介绍一个来相亲，她说不要，这时我才问她为什么，她就跟我说她有跟阿任继续联络，嗯！她这么说的时候是没带什么感情。

我那时候没那么敏感，后来我甚至问了弟弟，有没有听过姐姐谈她跟阿任怎样，他说美君从来不跟他说有关感情的事。大学毕业后，美君有比较往外跑。我也记得，那时候她连在家过年住几天也不愿意，总是说有事，一过完年初一就赶忙回岛北去，问她为什么也不说，会不会是那个时候交了男朋友了呢？她从来没有提起过，她会不会因此怪我们安排了相亲？可是我们怎么会知道呢？如果她都不说的话。然后，弟弟就说了我不敢相信的事。

一

　　拿掉孩子这件事对我来说并没有特别难过，虽然我的人生在这里确实有个瑕疵，心里觉得怪怪的不舒服，毕竟是拿掉一个生命，可是如果只有我一个人知道，不必去应付别人的事，凭我的坚强个性是可以撑过去的，但对爸妈你们来说似乎是重大打击，虽然嘴里不说，但眼里看我的样子显然变了。你们大概也不能相信，我这个大剌剌像男生的女儿，早早在高中时便失去处女身，给了一个来我们校服团指导的大学生。

　　这大学生没什么重要性，此刻我所想起的不是阿任，不是阿南，也不是我为他堕胎的那个不重要的男人，我想起年纪更小的事情，你们才是跟我一起活过那段日子的人，但我为什么会从那么小变成现在这个样子呢？你们也不知道吧。我曾经想到自己会变成这样子的人吗？以前课堂写作文的时候，不是都会写"我的志愿"吗？现在努力地想，我居然想不起我的志愿是什么，我忘记了我所期待的未来了，会是等死吗？

　　我想起小学的事，那时没有什么复杂或者快速的事。会想起以前的事,而且是这么小的事,表示我已经快要死掉了吧?我不会连这么一点自觉也没有,因为我从来没想起这么早的事,我只会想今天或明天要发生的事。阿任说,我是个没有未来的人,我很生气,为什么可以这么说我?但现在想想好像真的是这样,我不太想太久远的事,但这不表示我不重视自己会变成什么样子的人,我对未来还是有很多想法的,只是他觉得不屑吧。

小学是如何开始的呢?

开学日当天早上,老师们开始把每个学生的名字写在黑板上,一二年级在同一班,三四、五六年级在同一班。遇上要升级换班的那一年,不知道自己会被分在哪一班,有一种刺激感,必须一间一间教室去看,有没有自己的名字被写在黑板上。我跟大家一样,一大群学生沿着教室外的走廊走来走去,老师们写的速度不一样快,有的老师来得早,很早就写完了,有的老师来得晚,我们在外头走的时候还在写。有些同学早早看到自己的名字,就走进去先随便找个位置坐好,旁边有认识的人,也有不认识的,我们身上都穿着上一学期的衣服,有的人的制服口袋上还缝着代表班长的两条小红布,可是啊,这下子可能有好多班长都坐在同一个教室里，我从来没当过班长，那时很少有女生能当班长，顶多就是当一条小红布的副班长，但我连副班长也没当过，我只当过风纪股长，可能是因为我看起来有点凶的样子，所以只当了一学期。

一

　　我看见一个长得很奇怪的人,我叫妈妈叫得很大声,可是她都没有理我,她好像在找医院的样子,原来她也不太知道医院在哪里。但那个人长得很奇怪,她穿得很像一个女生,也留了长长的头发跟我一样,身高比妈妈矮一点点也比妈妈瘦,可是她的头歪了一边,不是这样,不是歪了一边,而是整个脖子好像往右边折过去一样,整颗头放在肩膀上。好像也不是这样,好像是整颗头转过去,然后粘在肩膀上,她好像只能往她的左边看,因为她一直往前走,头都没有转过来,然后肩膀有一点点弯弯的,妈妈说我这样的时候叫作驼背。她的头跟肩膀好像没办法分开来,是一大块东西长在一起,怎么有人会长这个样子,跟我看过的人都长得不一样啊,好像怪物一样,可是她一直走一直走,也没有人特别跟她讲话,或是有人笑她,她走过我跟妈妈的身边时,我盯着她看,她不知道有没有看见,她应该有看见吧,因为她的眼睛只能一直看我这边,还是因为我太矮的关系,所以她没有看见我呢？妈妈不知道有没有看见,我叫她看,可是她一直在看天上的招牌,等她走过去了,妈妈才说:"不要吵,我在找医院。"可是我说那个人长得好奇怪啊,妈妈这下子才往前看,她应该有看见,她说:"人家是残障,你不要叫那么大声，人家听到会伤心的。"以前我也有看过残障，爸爸有跟我说过，可是这个人看起来比我以前看过的要差很多啊。我有看到她的脸，好像就是要把脸拖到一边去一样，变得不像人脸，好像是一团抹布，可是看起来有点像人脸的样子，就好像我跟爸爸一起洗澡的时候，爸爸会把毛巾盖在脸上，搓一搓揉一揉看起来有点像是脸的样子。妈妈现在每天都会帮我洗澡，可是以前都是爸爸帮我洗，因为他比较早下班，妈妈只有放假的时候才会帮我洗，可是她好像很少放假的样子。

一

爸妈一直逼问我姐姐最近怎么了，他们说这也是为她好啊，我实在受不了了，只好说她曾经做过流产手术，就是那段被迫相亲的时间，发现怀了孩子，她甚至没有跟对方说，也许这个世界上只有我和姐姐知道这件事。我去台北找她玩，在她的租屋处过夜时，姐姐跟我说明天她要去做流产手术，我吓了一跳，当然立刻问她是谁的孩子，姐姐没有说，只是回答我，她也不知道为什么决定要跟我说，因为连对方也不知道这件事，事实上她也是前一天才刚刚确定，而且之前她对自己的月经来不来不太紧张，"我居然也有心软的时候，让那个男人直接射在里面。"姐姐这么说，我真不敢听。

跟我讲这件事情的姐姐跟以前的姐姐完全不一样。以前的姐姐好像是透明的水晶，心里头虽然有各式各样的折射，可是目的都很简单，她虽然谈不上是个简单的人，心里也常常对自己的未来感到忧虑，可是不难理解都是一些课业或工作上的梦想，何况姐姐不太爱跟我说这些事，我们毕竟相差了六岁之多，她念高中时，我还是个小学三年级的学生，她念大学毕业，我也只是个高一生。可是那晚却跟我说这些，我不知道那个男人是谁，可是姐姐居然毫无感情地说这些，我很愚蠢地问她："为什么不告诉那个男人呢？他要负责任才对。"姐姐扑哧一声笑出来，说我真的还是个小孩子，虽然她这么笨让人家射在里面，但是还知道告诉那个男人只是让他跑得更远。

"那个人是不是已经结婚了？"

"你真的很会想象耶，我告诉你这个只是要你帮我记得，因为如果这件事情只有我记得的话，其实就等于没有任何人记得，没有人可以做证明，唯一有关的三个人，一个我永远不会告诉他，一个明天就要死了，另一个就是我，可是只要拿掉了，我再告诉别人这件事，也不会有人相信，没有人相信就不会存在，他等于是孤零零地被抹杀掉。我需要有一个人来帮我记得这件事。"

姐姐拿出检查证明给我看，我看完之后她把纸拿回去，一边哭一边把纸撕掉，她哭得好大声，我真怕隔壁的人会听见，以为我对她做了什么，她把纸撕得好细好细，像是棉絮一样洒满床上，我捉住她的手叫她不要再弄了，她哭得好丑，胖的人哭起来特别丑，平常我不会觉得她那么丑，坦白说，我也没怎么注意她长得怎么样就是了，但这一次我紧紧地盯着她看，我要记住她现在的样子，这是她要我记得的，我要紧紧记住。我记得她一边撕一边还喃喃自语地说："为什么不是某某某……"我听不清楚那个人的名字，"如果是某某某的话，我们就可以结婚了，我是想要结婚的，为什么他从来不吻我，现在离那么远，如果他在我身边，就算我们不在一起，他也不会让我发生这样的事情，虽然离开他那么远，但他如果喜欢我，他应该像大学一样，不管多么远不管多么无聊，都要坐车来找我，陪我去上班，然后再回去才对。他是不是曾经想要吻我或是牵我的手呢？我不记得了，啊我想起来了。"姐姐说，"我们一起坐在湖边足足聊了五个小时，害我被蚊子咬了满脚的那一次，他有试着摸我的手，如果我让他摸的话，他就会顺势吻我的。为什么他对自己这么没有信心呢？"姐姐实在哭得太惨了，鼻孔张得好大，我都能看见她没有清理的鼻毛。

……跟举牌人不同,我们属于不一样的群组,举牌人要站一整天,忍受刮风下雨,当然很辛苦,但毕竟没有什么专业,只要站在那里就好了。另外两组是有专业性质的,那就是传单组或机动组。传单组在捷运出口或是大卖场、百货公司、世贸中心外面派发传单,得靠表情和姿态,稍微有点阻碍对方前进,但又要以不能让对方感觉到的方式,让快速通过的行人愿意拿传单。有的很潇洒利落,有的忽然就把传单塞到对方的身上,令人厌恶,有的很仓促,有的看起来一派悠闲,瞧对方爱拿不拿的,有的用拜托的方式,希望对方能同情自己,跟拿到什么传单无关,只是纯粹做一件善事,有的会一股劲鞠躬,有的比行人更冷淡,好像什么都不在乎,对方拿不拿都无所谓,已超脱人世之外。我们私底下称他们是和尚尼姑,看起来就像是定点化缘的出家人。跟举牌人不同,他们有比较多的活动力,也得跟人互动。不过最专业、技术层面最高的还是机动组……

一

当每个人都找到教室之后（有些被名单漏掉或是自己没找到名字的，会孤零零站在教室外等老师来领），老师会一一点名。原本那些被写在黑板上，有些有意义有些没有意义的名字，现在都一一活灵活现起来，如果念到我认识的人的名字，我就会四周看一看，用眼神和对方打个招呼，有的是朋友，可以很快乐地打招呼，或者说："你也来这一班啊！"那时一班人很多，有三四十个人，这时候大家都是吵吵闹闹，老师要叫名字也很困难，有时吵得太大声了，被叫名字的人听不见，就会有人说："啊，那是在叫你啊。"然后对方就会说："有有有。"老师喊我们，叫我们小声一点，不准讲话，大家都很兴奋，这是一个新的环境，如果不这样吵吵闹闹会很紧张。我呢？我不太跟别人讲话，我觉得男生很臭，而且本来就很吵，我不喜欢大家不听老师的话，这样很麻烦，同样的事情要做很多次，本来就应该要听老师的话才对，所以我跟同学打招呼时我都很小声，怕被别人当成坏孩子。

我本来就很乖，我喜欢当干部，如果这些人选我当干部就好了，这个学期我想当班长，我的功课以前没有很好，所以能当风纪股长就已经很好，但这个学期要用功念书，我想当班长，看看四周，好像有三个班长和四个副班长，好羡慕他们胸口口袋上有小红布，一看就知道他们的身份，我想要当班长，我当班长一定可以服务得比他们好，而且他们有的是坏班的班长，又不是功课很好的班，我虽然不是在最好的班，但总比是因为很会打躲避球才集合在一班的那种班要好，那种班就是为了躲避球比赛才集合起来，专门整班训练来当校队的，大部分人看起来都很像流氓，很可怕。

我们学校的男女躲避球校队都是全台冠军，实在很厉害，所以不管好班坏班都很热爱打躲避球，为了班际比赛训练得很严格，可是我不喜欢躲避球，被打到很痛，我当风纪股长的时候，他们好像就会特别打我，因为我的力气很小，人家不会让我拿球去打别人，我只能在里面当被打的肉包，那些男生一拿到球，一定向着我打，我不知道为什么，是因为我是风纪股长的关系吗？风纪股长在班上是第三大的干部，只要班长和副班长不在，我就是最大的，我常常为同学服务，像是睡午觉时会帮他们扇风这样，可是他们为什么这么讨厌我？

一定是因为我要记他们名字的关系，而且还骂他们为什么爱说话，有一次连班长都骂我，叫我不要记那么多人的名字，可是这是我的职责啊，而且老师也叫我要这样做。我最开始的时候当过排长，但是当排长没什么，我小学一年级就当排长了，开学第一天老师问说谁想当排长，我想，幼儿园的时候我当过桌长，我就举手说我想当排长，老师就让我当了，我当排长大家都很喜欢我，我会帮大家收本子，要是有人回家忘记把椅子收到桌子底下，我也会帮大家都收好，可是大家后来还是讨厌我，但老师很喜欢我，风纪股长会叫每一排排长每天要交一个爱说话的人的名字，我都准时交，可是别的排长却不准时交，为什么我准时交反而会被讨厌呢？

现在我当然知道不管交谁出去都会被讨厌，我当风纪股长时，我也会叫排长交名单，就像班长除了自己记名字之外，也会叫我和副班长交名单，我一定会准时交，虽然我觉得他没有资格当班长，他只是比较会考试而已，其他什么也不懂，每天只是跟他几个好朋友在一起聊天，不会去想别的同学的需求，可是老师就喜欢他。他从念小学一年级开始一直当班长，后来当到高中一年级都还是当班长，为什么我会知道，因为那时我有点喜欢他吧。分班时，我找我自己的名字都会顺便找他的名字，看他是不是在同一班，每一次找到我都好高兴，只要他在同一班就有种安心感，他除了一直当班长之外，没什么缺点，只要他让我当一个学期也好，因为我知道我没办法考赢他，我写过一封信给他，我说他看起来是一个小帅哥，而且功课很好，希望他上中学也能继续当班长，我知道上中学我就不会跟他同一班，像他功课这么好的人，一定是去市内念升学的私立学校，我一定是念我们家附近的中学。

没想到弟弟说出这样的话，让我们非常震惊，我问他是不是有跟她去医院堕胎，他说他没有进去，但是因为上面必须要有人签名证明，所以他假装是她男朋友，帮她签名了，也许是她需要一个男人帮她签名，才会告诉他这件事情。美君会不会误会了，弟弟好像有跟她说他告诉我们了，她才会排斥我们帮她相亲的好意，可是我们之前并不知道，我们知道了以后也从来不在她的面前提起这事，她爸当然非常生气，如果她不愿意提，我们本来是不会讲的，但心里虽然是这样想，最后还是忍不住跟她开口，是不是从那个时候开始，她就觉得无话可说了呢？她爸爸骂了她几句："给你去念大学有什么用，不珍惜自己，谁会珍惜你。"我当然会珍惜她，而且那件事情也已经过去一段时间了，是哪个男人没有什么重要性，我们也不会喜欢这样的男人来当女婿。

美君轻轻地哭，假装还是个乖孩子，但我知道不是，她只是在演戏给我们看，她是三十几岁的人了，不再像以前那么单纯，她掩藏自己，比以前更厉害。她觉得我和她爸爸的反应很正常，但是对出卖她的弟弟却不能够原谅，我试着跟她说，是我们逼他说出来的，"你知道弟弟一直是个听话的孩子，而且你最近怪怪的啊。""我没有怪怪的。"她忽然说，"而且我要跟阿任结婚了，这不就是你们想要的相亲结果吗？"

我说："你不要勉强，不喜欢阿任的话，不用嫁啊。"
美君说："怎么回事呢？他对我很好啊，我想结婚还不给我结婚？"

我是不是长久以来误解美君了呢？我一直以为她是个心理复杂忧愁的人，但其实非常天真可爱，所以会一直爱着大学时代的那个男人？不久她的弟弟就过世了，她大概觉得这一切都与她无关了，包括我跟她爸爸在内，她没有爱的人，也没有恨的人了。

■

　　……这一组又分为两种，一种就是沿路将传单塞进大楼或公寓的邮箱里。从袋子里捉出一叠已折叠适当的传单，事先整理时都已经弄松折好，才能迅速抽出塞进去，邮箱盖子啪啦啪啦地一箱一箱响，速度飞快，旁若无人似的，但不用多有美感，只要精准地对准邮箱的洞塞进去，不管邮箱里已经塞了多少东西，每个邮箱塞一次是铁则，否则就是浪费时间，所以手劲要快狠准，啪地打开，啦地关上，力量要用得恰到好处，用太多力气伸太进去邮箱是浪费力气，用太少力气还得收尾般地拖拖拉拉再塞一下，浪费时间。最大的职业风险是被纸张割伤，或被邮箱边缘割破手，不过有人会在邮箱里边粘上刀片，这些变态，唰唰唰地手一伸进去，手指头会被切掉或搅烂，跟把手伸进咖啡磨豆机一样。我是属于贴贴纸的……

一

打躲避球时，我常常很快就被打死，但有时他们不会一下子打死我，明明还有很多人跑来跑去，又不是只剩下我一个，可是他们会对角传球，把我从一边赶到另一边，除了那些想打死我的男生，大家好像在看好戏，连女生都这样，为什么我连女生的朋友也没有呢？是不是大家都讨厌风纪股长，我不会因为她们是女生就不记她们名字，或是不叫她们不要讲话？女生有的比男生还爱讲话，但因为是女生所以我会特别私下跟她们说："可不可以不要讲话，不然我就要记你们的名字。"男生我就不会这样跟他们讲。

就算是我的好朋友，我觉得是好朋友的，她们若是讲话我也会记她们名字，是不是因为这样，她们觉得跟我当好朋友也没用？我不能当一个不公正的人，不是吗？风纪股长本来就是要记名字的，而且每个星期都有整洁秩序比赛，整个年级最好的班级会领到一面小旗子，可以挂在班级牌下面，这不是很光荣的事情吗？我们班常常是双料冠军，就能挂两面旗子，我把秩序管得很好，老师很高兴。我喜欢那面旗子，是红色的底，金色的字，旁边有波浪的边。一个月总评一次，如果还是第一名，就会有面月冠军的旗子，是金色红字的旗子，一样大但是可以挂一整个月，有时候我们拿到三个星期的冠军，可是月冠军却不是我们，我会非常生气，一定有人作弊，我甚至气到哭，没人知道为什么我哭了，就算知道，从来没人安慰我，连班长和副班长都冷眼看着我。

同学们闪到一边，看着我在场内被赶来赶去，那时心里很紧张，却没有出糗的感觉，我只是怕痛，没有特别伤心，因为好像是在玩，现在想起来倒是伤心许多，原来我从小就是不被喜欢的人。还有，因为我小时候就很胖，跑起来一定很有喜感，一个胖妞不知所措地跑来跑去，就算跌倒了，他们还故意不打死我，叫我站起来继续跑，我不知道为什么没人站在我这一边，他们这样玩弄我，一直到我跑不动为止。我也不敢想："反正不管怎么样你们就是会重重打死我，所以我不跑了。"可能是本能的关系，我还是继续在场内跑着，最后会有人说："好了啦，快点打死她啦。"然后就忽然有个很强劲的球飞过来，不管是打在我的头或是肚子或是背上，大家一起笑我，我也看到班长在笑我，我不怪他，因为我看起来一定很好笑，要是我看别人的话，我也一定会笑出来，接下来的事情才让我伤心。

在场内被打死之后，就要到场外去，帮忙阻挡球不要让球跑出界。他们当然不让我拿球打人，我虽然胖但是力气很小，矮小的班长力气也小，他也是负责挡球而已。为什么我都喜欢矮小的人呢？我被丢在一边无事可做，场内场外又恢复成正常玩球的样子，球传来传去，大家躲来躲去，我们这边又杀掉对方一个人了，按照规则可以补一个人进去我们自己的内场，但是要补谁呢？如果场面很紧张的话，当然要补很厉害会闪会接球的人，特别是在正式比赛里，但如果只是一般在玩，补谁都可以，他们眼神交换了一阵子，好像是在想想快要下课了，我看见他们的眼神飘向班长，然后又把头撇向我这一边，我看见班长稍微迟疑一下，他们好像在征求他的同意，后来班长就说："你进去。"

是叫我进去，我有点高兴，原来他们还是怕我这个风纪股长的，我觉得有成就感，我和他们是不一样的，一直在追求的也和他们不一样。我比一般人聪明而且有能力许多，也更爱干净，又守秩序，所以他们得获得班长同意才敢叫我进去，也才能再好好地玩弄我一次。我摇摇头："不要啦，叫别人啦。"班长好像觉得我居然敢反抗他的命令，他对我大喊："叫你进去没听到吗？"我只好进去了，然后他们就像重复之前一样，将我赶来赶去。打躲避球有个不成文规定，只要下课铃一响就要丢出最后一球，不管是丢到谁，他们都在等那个铃响，在这段期间内把我逼到一个适当角落，最好是离最强球手最近的位置。我绝望地看着班长，他站在别人旁边无所谓的样子，可是就算这样我还是喜欢他，他只是要讨好同学，不是真的讨厌我，我这样想，到现在还是这样想。他不曾对我做过什么真正残酷的事，大部分的时候他不跟我说话，说话的时候都很客气，好像很依赖我，因为他不喜欢记名字，所以必须得依赖我做这件事，为了他，我可以做这件事。

我心里也默默期待下课钟声快快响起，比起刚开始打的时候，我已经好累了，跑不太动了，他们可以轻而易举把我打死，就算是没力气的班长也可以，那些女孩子也可以，但是没人这么做，大家就是等待着要打死我的铃声响起。我的脸上一直挂着微笑，就好像跟他们是一伙的，只是在玩一个共同认可的游戏，我显然是最重要的人，否则他们怎么会以我为中心玩这么久呢？他们为什么不跟其他人玩呢？我好像是这个班级的中心，大家都必须围绕着我，才能获得游戏的乐趣，这样一想我觉得很骄傲，看着没力气被冷落在一旁的班长，我觉得有点可怜他，我提供给大家这么多乐趣，以后选班长的时候，大家一定会投给我吧。

铃声就要响起，我已经累得跑不动，那场面看起来很愚蠢，我几乎是在用走的了，他们故意把球抛得很高，慢慢地在空中丢来丢去，我就像被逗猫棒吸引的猫，不自觉会伸手去捉那个球，好像还在尽一己之力，要把这个游戏玩完，因为只要捉到那个球，我就可以反击或是拖到时间结束。铃声响起时，有个同学正好接到球，他把球丢给一旁的班长，我想也好反正他的力气很小，让他打到比较不痛，我站定不动准备让他打死我。我很冷静，其实觉得很无聊了，赶快打死我，已经下课了，十分钟后又要上课，我要负责维持秩序，操场离教室有一段距离，我被打死之后，又会变回原来大家不喜欢，但是有权力的风纪股长，要赶快赶大家回教室，我会说："好了，赶快回教室，要上课了。"立刻转换表情和心态，就像刚才的游戏已经毫不重要地完全消失掉，不留下任何记忆或后遗症。

刚才是刚才，现在要回到大部分的现实来了，如果不维持好秩序，班长也是会被老师骂的，我们老师很重视整洁秩序比赛。结果我看到他拿到球反而有点惊慌，球拿在手中不知道如何是好，他对自己很没信心，我看他丢球打人真的很像女生，非常小力。有人叫他班长杀啦，他作势要杀我，但我离他有一段距离，而且他站在攻击手的后面，比较远，又不能走步，我想他甚至丢不到我，他只能当保护球不要掉出界外的人。人家叫他杀，大概也是要看他出糗而已，就像是看我出糗。我想走到他的面前说："班长你就杀吧。"不过这样也太明显了。

他迟疑了一会儿，就把球丢给靠我很近，也是我们班最强的攻击手手里，班长还假装是经过深思熟虑地传球，有点帅气的样子，最强攻击手一拿到球，立刻毫无间断地直觉反应，我就在他正对面，他对着我的脸打过来，打完之后就跑走了，什么也没说。有人喊着下课下课，有人喊捡球捡球，交去体育室，虽然脸很痛，但我很快回过神来说："好了，赶快回教室，要上课了。"体育股长跟我说，他要带某某某和某某某去体育室还球，因为他是干部，我就很客气地说："那要赶快回来喔，不然会被登记整洁秩序的学妹记到名字。"

我看看四周，大家在老师点名时一一举手，有一两个同学就是当时绕着我打的攻击手，我跟他们不算朋友，他们看到我也没什么特别表情，因为大家现在都很紧张吧，我在心里浮上微笑。如果是班上的旧同学越多，投我当班长的一定越多，就我所知班长在班上也没那么有人缘，他只是得老师疼，老师会强烈暗示大家要投票选他当班长，可是因为他功课实在太好了，不只是在我们班上是第一名，在全校排名都是前五名，而且又常常上台领各种奖，什么美术比赛、查字典比赛、阅读比赛、作文比赛都很会得奖，又是数学竞赛代表队成员，所以别班的同学都认识他，每个老师都认识他，但不认识我，我没有他那么厉害，可是比起那些用球打我的同学来说，我还是比他们厉害多了。我也得过美术比赛和查字典比赛的奖，有一次查字典比赛，班长才第六名，我可是第三名耶，那是我得过的奖里最好的一次。都已经五年级了，我想当一次班长，下课后我问了他，这学期也想当班长吗？他摇摇头说："我又没想当，你想当的话我会投你一票。"我说："好啊，那你要投我喔。"这是我最喜欢他的时刻了，我是这样以为的，他会投我一票，在私事上，我本来就很喜欢他，公事上他也愿意帮助我。

下一堂课选班长时，他毫无意外被老师提名，然后要他提名另一个人当副班长，我以为他会提名我，我心里想他要是提名我的话我一定会很快乐，他一定是喜欢我，可是我又希望他不要提名我，因为我是要选班长的，万一他提名我，不就是害怕我跟他竞争班长？而且他不就不能投我一票？后来他提名一个别班以前当班长的女生做副班长。老师问：

"还有人要提名班长吗？"我就举手说："我想提名自己选班长。"我本来想那些旧同学会提我，但他们露出对什么事情都兴趣缺缺的样子。别班同学则提名他们原来的班长，可想而知，大部分的人都投给了我们家的班长，他高票当选。不过，这就是我会永远永远永远永远永远永远永远喜欢他的原因，不管他对我多坏，或是没有回我的信，没有跟我说过电话，他没有违背他的承诺，轮到我的投票时，他是唯一一个举手，赞成我当班长的人。

后来妈妈找到医院了，我本来有点害怕的，可是看到刚才那个奇怪的人，我不知道他是女生还是男生，忽然觉得看医生没有什么好怕的，我要是长那个样子才会让人觉得可怕吧，所以我就自己推开门进去，里头已经有很多小朋友了，妈妈叫我坐在椅子上，她要去挂号。我看了看旁边，其实我很想去坐医院外边那个摩天轮，或是小汽车也可以。

小汽车以前我有坐过，我还有在夜市坐过一直转的火车，一直绕圈圈的，夜市也有很大的摩天轮，可是爸爸说我太小了，还是不要坐比较好，可是医院外面的这个是很小的摩天轮，我应该可以坐，只有一个人坐的摩天轮，等我看完医生，我要跟妈妈说，我要坐这个。妈妈在那里说了很久，不知道为什么，是不是没有钱呢？我就知道，如果她不去上班，一定没有钱给我看医生，我看到有别的小孩去坐了，大家都是坐摩天轮，等着在那边排队，其实我可以先去排队，我跟妈妈说，我可不可以先去排队，这样我看完医生就可以坐，不然她先给我十块钱，等一下子轮到我，我就可以先坐了。

妈妈说不要吵,我看着那个摩天轮慢慢地上升,可以上升到比一个大人还高耶,摩天轮还会绕一圈,从低到高,真的很厉害,我不太怕这个高,因为爸爸都会把我举得高高地说:"坐飞机坐飞机。"他站起来比这个还高,我就会从他的头上往下看,比别人还高。妈妈叫我坐好,我说等一下我想坐那个,她看了看玻璃门外面,她说:"好,等看完了就给你坐。"我不说话了,妈妈有答应就好,而且我觉得走了那么远的路我也有一点点累了,突然变得好想睡觉,妈妈帮我擦流出来的鼻涕,叫我不要吃,可是流到我嘴边就吃一下有什么关系,咸咸的,她说很恶心,我觉得流出来用看的比较恶心,可是吸进去就好了,不要一直用手帕擦我的脸,这样我就不能睡觉了。

已经到医院了,我不用再忍耐了,虽然会害妈妈花钱,可是现在没办法,我已经没办法忍耐流鼻水和咳嗽了,反正等一下医生会帮我打针就好了。希望不要来看太多次,我跟妈妈说:"这样是不是要花很多钱,如果要花很多钱,不要看也没关系,你看我你看我。"我把鼻水吸进嘴巴里给她看,"你看我你看我,鼻水只要一直吃掉就好了,而且这样也不会肚子饿。"妈妈笑了说:"生病就是要看医生啊,没有钱的人还是可以看医生,你这样真的很恶心耶,你是女生耶,这样恶心以后谁会喜欢你。"妈妈说的应该是去幼儿园吧,有很多朋友,而且我也不会咳了,每次要咳我就把嘴巴张开,然后把咳嗽吞下去,好像把打哈欠吞下去一样,爸爸以前说这就叫"吃困",我现在这样叫"吃病",所有的病我都会吃到肚子里去,然后拉出大便来就不会生病了,这样妈妈就不用花钱让我看医生了。妈妈说:"你真的很会胡思乱想,你要赶快好起来才可以去找小猫玩啊,我可没有空照顾外头的小猫,那是你要自己照顾的。"我没有跟妈妈说,不要看病没关系,但是让我坐一次摩天轮就好了,应该只要十块钱。

……比塞传单还来得更难，风险更高，会被罚钱或捉进警察局，我们是真正的法外之徒。除了贴小小的贴纸：搬家、通马桶、开锁这些低难度，也不需要美感的小贴纸之外（仅会制造最黏的胶水残迹），最高技术的标准是贴房屋中介广告。每张纸的后面都先贴好双面胶带，一张一张排好，放在一个长方形的侧背包里，就像不经意地背了个包包。我们这一组最讨人厌，因为明目张胆地乱贴，但其实又不是乱贴，有特意挑选的电线杆或墙面，好贴又明显。我们主要出没的时间多半是在上班日的日间……

一

美君怀了小娟后，似乎陷入恐慌之中。这种时候无法跟她说孩子的事，否则会有无穷无尽的辩论，她会一直质疑我，为什么要生这个孩子，但是她自己一直也是态度摇摆不定。婚前我们就讨论过这件事，一开始她说她不要生小孩。我是喜欢小孩子的，而且我是独子，虽然父母已经过世了，但还是有点传统观念，想要传宗接代。她不想生孩子的理由，从来也没说清楚，只是一般地说："我们自己要养自己都很困难了，为什么要养个孩子呢？"一说到这件事她就要生气，甚至威胁我，如果一定要生的话，我们就不可能结婚。我想说不然问问你的朋友们有什么建议，这时我才发现她其实没什么可以说话的朋友，她的同事也不是朋友，我从来没见过她的朋友。谈恋爱时，我会去接她下班，从来没看过有人跟她一起走出公司，她总是一个人，若有人走过她身边，她会亲切地对人家打招呼，只是不见得每个人都会回应她。

结婚后不久，不小心怀了第一胎却也不幸小产，坦白说，我虽然有点伤心却看得很开，人总是有不走运的时候，朋友也有小产的经验，她肚子里的宝贝就是没这个命来当我们家的小孩。我也跟美君说别去在意我家亲戚的看法，那些针对她的流言流语我才不在意，他们只是利用我爸妈死了的这件事，来满足自己当长辈可以对我的私事说三道四的欲望。所以我安慰她说："我们不要生孩子了啦，反正本来就没要生。"她居然厉声地回我不行："我会是个好妈妈，而且我是个传统的人，你们家也是传统的家庭吧，怎么能不生孩子，你的好意我知道，但也实在太看不起我了吧。"她忽然变得异常顽固，决定非生不可，反而变成我的无所谓、不想生的想法不可理喻。

"好啦好啦，我喜欢孩子也想生一个，但是如果你不愿意，我也没办法，又不是一个人可以生出来。"我开玩笑说，但她似乎不觉得好笑。

她说："如果你有这样的想法，心里一定有个疙瘩，一定会常常想起这件事，如果有人提起，你一定会怪我的。"

我说："我父母都过世了，谁会提起？就算有人，也是不重要的人。"

当时的我当然不可能知道将来会变成什么样子，她会变成什么样子。我走进产房里，她仍然抱着孩子，孩子正在哭泣，护士已经做好所有处理，将她包裹在洁白的、上面隐约印了医院标志的白毛巾里。美君的眼神有些无法对焦,好像抱在怀里的不是一个孩子,而是一双不知道要怎么处理的旧鞋,我感受不到获得新生事物的快乐,反而闻到一种陈腐的气味。但我想她只是很累,为了生这个孩子,整整在医院里躺了四十多个小时,就算不累也应该非常无聊,没有其他人来陪伴她,而我刚好又必须加班无法在她身边。我走到她身旁,她总算回过神来,她说:"你看我生了个乖宝宝,她刚刚有哭,现在一点也不哭,睡着了。"

跟前一秒看到她的表情不太一样,她似乎又是一个慈母的模样,旁边的护士提醒说,再看一下下就要抱到婴儿室去了。"我也想抱抱看。"我这么说,美君就立刻要把孩子给我。她没有直接给我,她躺着,手好像没有力气,一个护士说要不要把后背挺起来,她说不用,把孩子抱给护士之后说:"我想睡觉了。"我想也是,并没有多想什么,她痛苦几十个小时,一定非常疲劳。护士将孩子交给我,我抱了一会儿,所有小孩刚出生都像老鼠一样丑陋,我说:"有什么问题吗?"护士说:"没有什么问题,只有一点点黄疸,心脏有点杂音,要再观察一下,其他都很健康。"然后她就说她要抱走了。等我再看一眼美君时,她已经睡着了。

我每天来，她总是看来有了孩子非常开心的样子，我当然也是，所以我想美君并不是不爱这个孩子，我知道的，但她没办法克制自己，她必须一直停留在这个床上，什么事情也无法动。我认识的同事，有人生了孩子隔天就很活泼地在产房里走来走去，好像只是去打了场网球，可是美君却不行，她足足在床上躺了一个星期，身体仍然看来有些病弱，我有些搞不懂，因为她并不是那么不健康的人。

■

坐月子中心比我想象的要豪华许多，就像一家服务设施完善的汽车旅馆，我不知道要花多少钱，一定不便宜，但我不关心，这一点钱我很放心，阿任你不会在乎这样的钱。其实可以回家去就好，我根本不想住什么坐月子中心，但没有人会来帮我坐月子，只是无论坐月子中心有多么可贵，我都有一种不安的感觉，并不是关于钱，也不是你的问题，你一下班就会来陪我，甚至不是我完全没有奶水这件事，我想我的身体没有问题，连这边的护士与医生都这么跟我说，那么是什么问题呢？

对不起，阿任，会不会我就是不想要·亲·自·让这个孩子长大呢？在整个怀孕过程里，我几乎没有孕吐或一般孕妇会有的现象，比方说情绪不稳或是想吃特别的东西，我的肚子甚至很小，一直到六个月都还看不出来怀孕的形状，医生还笑说，若不是超音波检查看得出来，不然我就像没有怀孕。我毫无自觉，对这个孩子是否存在，或是要如何诞生，都没有特别看法，我最终是同意了要有一个孩子，对你对我爸妈，我不知道，也许我就是失心疯吧。只要把她生出来，有各种方式可以使她长大，我的奶水显然不重要，也有很多母亲没有奶水，但依我的状况，我想身体健康的我，就是不愿意为她做些什么，所以，才不愿意跟她分享我身体所产生的营养。

反正喝配方奶也可以活下去。我知道会这样，一定是心理因素让我这样的，即使医生护士变成旅馆人员一般，像高级服务人员一样照顾我，每一餐都有很好的月子餐从外面送来，我还是觉得这里是个地狱。每天见到他们把孩子抱到我身边，对我来说就像每天必须到油锅去泡一回或爬一次刀山，我知道这对孩子不公平，他们试着帮我挤奶，或是让孩子的嘴含住我的奶头，孩子用力地吸我，她一定也感到困惑，为什么吸一个石头。护士们露出心疼的眼神，我不知道他们在心疼谁，是我还是孩子，是我居然没办法善尽作为一个母亲的职责，或是孩子无法从我这边获得该有的养分，她无法成为一个被爱的孩子，或是他们心疼我们会变得很不亲。

我厌恶他们的眼神，这表示我必须安慰他们，或者摆出我很宽心，不太在乎这些事的表情，我知道只要我露出一点点沮丧，他们就会说我有产后忧郁症的可能，我已经做了产后忧郁症量表了，一点问题也没有，我才不要给人这种印象。我确实不感到沮丧,我已经知道会是这个样子了,而且一定会有其他的妈妈在背后说:"你看那个女人长得那么胖,胸部那么大,可是居然没有奶水,真是很奇怪。"我自己看得出来,我的胸部比生小孩之前来得更丰满更坚硬,如果里面充满的不是奶水,那会是什么呢?真想剖开来看看,会不会是一把一把的沙子?心理排斥让自己跟孩子有更多的关系,但生理变化究竟是怎么回事呢?我就不知道了,护士们也说只要放松心情不要紧张,不要特别去想这些事,奶水自然就会涌涌不绝出现,像某某妈妈就是这个样子。但某某妈妈是谁啊,我根本不认识。

■

……社区上班人潮散去,老人和小孩和妇女都躲在家里。派报社是不关门的,早上七点开门只是正式的开门,其实二十四小时都有个侧门会开,黑道收保护费或洗钱的就会从这边进来。夜里有一位老小姐值班,从来没有人敢跟那位老小姐说三道四,只是客气地点点头,要跟她拿什么就有什么,就算是借钱也行,她什么话也不会问,没人知道她的来历,或是她跟老板有什么关系,早上七点一到她就走人,换上熟悉的老板与老板娘的亲戚坐镇。我领了广告传单,签了当日的一日工作契约,就蹲在工作桌下贴双面胶带,用剪刀剪成两厘米的正方形小块,贴在传单偏上面的地方。我喜欢做凌晨之前或黄昏之后的,有点微妙的阶段,人开始慢慢多起来,但又还不到妨碍工作的程度,老手们也都喜欢这个时段,因为气温最舒服了。要贴之前……

一

我这边没有人来探望我，一个也没有，反正我本来也没什么朋友同学，我可以预见这个状况，而且我自认为没什么问题，妈妈说她想来看，但公司走不开。我不想知道是不是借口，也不想要她来，她来了只会重复说有关弟弟的往事，爸爸去世后变得更严重，有时我都怀疑她忘记弟弟已经死掉好久，那热切的程度，像是在说上星期发生的事，然后一定又会匆匆地说："啊，公司有事，我不在不行。"立刻又坐车赶回南部。公司哪有她什么事，早就被并购给别人管了，因为对方是一起打拼过的老友，所以人家好心，没耍手段把爸爸留下的基业吃干抹净，让她保有爸爸备受股票崩盘打击，所剩无几的股份，能按时领一笔够她日常生活的钱。可是她却以为自己还有说话的权力，三不五时就往公司跑指摘老同事不努力、不懂做生意，硬要人家安一个头衔和座位给她，她每天去那边坐着，常常一整天一点事也没有，偶尔接接老客户的电话聊聊天（公司小姐刻意转接给她），光是这样，她就觉得仿佛给了谁天大的恩惠。

阿任你那边有几个同事来，他们坐在坚硬的绿皮沙发上，假装很有兴致地聊天，但其实很无聊吧，你们等一下就一起去吃饭，来看我只是一个借口，你们等一下要去吃烤肉配啤酒，还会点炸鸡和火锅，我知道那是一定的，这附近我们很熟悉，常常在这一带吃晚餐，你们想去的那家店我们去过一次。但是我这次没办法和你们去，只能看着你们离开。跟坐不坐月子无关，其实我也没有想去，不过当我听到你好像很不好意思地跟他们解释为什么我不能去的原因时，我第一次感到愤怒，你跟他们说，我之前在医院里躺了一个星期，甚至无法起床。好吧，我承认那段时间我确实身心疲累，超出医生的想象，我不觉得我的身体有问题，我只是想好好休息，但一想好好休息，我就越爬不起来，我要起来做什么呢？还不就是要坐月子，除此之外我什么也不能做。另外就是我前两日发生了一次血崩，明明已经生产一段时间了，虽然本来就还在休息阶段，没做什么特别的运动，但某一天我站起来，只是想走一走，忽然从下体喷出大量的血，我昏了过去。这都成了你帮我"婉拒"跟他们吃饭的理由，我想你并不是有意的，可是这样把我的隐私完全告诉这些我不想要跟他们有任何关系的男人，他们会怎么样想？"这么胖的女人血崩，血一定流得到处都是吧，把地板弄得很脏。"这样吗？

很遗憾确实是这样没错，当我昏倒时，我心里想的是为什么给人家添这么多麻烦，那个每天经过房间门口的打扫阿姨会怎么想呢？这段期间，我要怎么面对她，以及那些一发现我昏倒便冲进来的护士，听她们说，还好有早点发现，不然我就死定了。地上都是血渍、气泡和白渣，倒下去时，我都还能感受到浸在里头的温热和转为冰凉，身上也粘得到处都是，可以想见当他们把我从血泊中移走，花了多少工夫清洗我，还有地板，为什么我给人家制造这么多麻烦，生小孩是我自己的事。我这样跟你抱怨，你只说我想太多了，我们花了钱，他们为我们服务是应该的，但我羞耻再面对打扫的阿姨，她并不会因为多帮我清洁这些东西而获得加薪，我有什么资格让人家感到困扰？而且我很生气的是，当你说这些事时，你没有意识到，你·根·本·没·有·在·这·里，你如果在这里就可以帮我，不会麻烦别人，我后来说："你说了那么多我的私事，要不要干脆连我下次月经什么时候来都跟他们报告。"你摇摇头，好像很忍耐我的样子，不打算和我计较。

妈妈说过要带我去旅行，当我们要离开家时。我说为什么爸爸不跟我们一起走呢？妈妈说，因为爸爸这次有事情不能跟我们一起去旅行，而且我们要准备一段时间，也许准备好了之后，爸爸刚好有空就可以跟我们去旅行，她说这是秘密不可以跟爸爸说，要偷偷准备。我们前一天开始准备，妈妈很久没有上班了，所以可以一直在家里陪我，不用把我送去嬷嬷家，我们有一整天时间可以准备行李，等爸爸出门去就可以了。其实我不太知道旅行是什么意思啦，妈妈说就很像嬷嬷家的哥哥一样，时间到了学校就会带他们去坐车，然后去郊游，就是到外面去玩。如果只是一天的话，我知道就是叫出去外面玩，爸爸妈妈都放假不用去工作的时候，他们就会带我出去玩，有时候是骑摩托车有时候是开车，有的时候要坐很远像是去一个海边，我们一起玩沙或是在水里玩，有时候是去逛百货公司，有的时候就是在家附近的公园散散步，我喜欢看别人牵狗来玩，只是有点怕。

一

　　美君没有特别要好的朋友，跟公司同事的来往很少，也几乎没有什么应酬，我却有几个很要好的大学同学，至今每个月都会相约聚餐或打球，我们有个桌球队在运动中心，至少一个月一起打一次，也欢迎其他眷属参加。她在我面前并不是一个孤僻的人，相反地，常常是很活泼又多话，我看她跟我同学的太太或女朋友相处时，不太像是没人缘的人，但这毕竟是我这边的朋友，我从来没见过她那边的朋友，有次问她为什么，她只是微笑地说："因为我是见色忘友啊。"

　　她的意思是，她跟我在一起之后就很少跟其他朋友联络了，我感到可疑，我想要知道为什么她没有什么朋友，她是个很好的人啊，快乐又乐观，对什么事情总是冲得很前面，她擅长的工作太不适合她了，她如果去做公关人员的话，应该会有很好的发展，但她从来没做过类似的事，她总是做着需要安静的工作。这或许是她后来坚持想要生小孩的缘故，或许在别人身上或是在我身上看到了什么。只要我希望她跟我去打球，她就会特别化妆打扮，然后戴上一副快乐的面具，她其实比我还会打一些，据说大学时修过桌球课，所以跟她一起打球我是觉得有乐趣的，她跟那些友人的太太相处愉快，我说："你们可以约了一起去玩啊！"我知道其他太太们偶尔会约了一起去喝下午茶，我的同学告诉我，她们也试着约过美君，但美君总以家里有事或公司有事推掉了，但其实是没什么事的，而且她从不告诉我人家曾经约她。

或许我真的太不敏锐，无法观察到她是不是勉强去的。不过，当她说她想要生个孩子时，我只是一味地感到高兴，即使她不是真心想要一个孩子，生出来之后总是会自然而然地有母爱吧。她把自己包装得很好，我一直被那包装所骗，不是外貌，而是她整个人的个性。幸福全部都是假装来的，美君就是这样走过来的，这是她唯一懂得的幸福方式，她必须假装自己是幸福的，幸福的事情才会来找她。

但我自己最痛苦的，是因为这样让我必须继续住在这里，我只想一个人待在家里，不想要麻烦别人。而且，我这时才发现，躺着的时候完全无事可做，居然会想不如回去待在那个烂坑社区里。

阿任啊，我没有"孩子生完了，我可以做我想做的事情了"的感觉，也没有"孩子生下来了，我的人生就要有所转变了"的感觉，也就是说，我的人生跟有没有生孩子没什么关系。我没有生完孩子、丢掉子宫里这个累赘之后，可以想去旅行或是做运动的心情，或是想要做什么怀孕时无法做的事。我怀孕时，不曾感受到痛苦，没有被剥夺什么的感觉。有些妈妈会觉得，怀孕占据了人生许多时间，害她们有很多事想做却不能做，或生了孩子之后，因为把时间花在孩子身上，自己想做的事情不可能实现了，但是我完全没有，完全想不起来有什么事情我非做不可，当我因为身心沮丧或是血崩躺在床上，我一点都不曾想过是她害我成了这个模样，我想不出任何讨厌她的理由，不是因为我超有包容的母爱，更像是因为没有她这个人存在。

我没有想看的书，没有想旅行之地，工作已经请了产假和育婴假，没有去工作，很快就会有人取代我了。我也没有觉得，生了孩子就会跟阿任你的关系，变得更亲密一点，我不认为我们的关系有什么问题，我们就是一般的夫妻，即使有了孩子也没有任何改变。我躺在床上，看着前方五十时的液晶平面大电视，喜欢看的影集一次也没有错过，错过一次反正隔天会有两次以上的重播，喜欢吃的东西还是照吃，但没有增加新的想吃的东西。

一直重播的电视，让我觉得这个世界没有什么好失去的，也永远也不会失去，我一直停留在同一处。然后，我想起怀孕之前，唯一的不同就是有一个我有点喜欢，也努力做的工作，但现在已经没有了，却没有特别留恋。要说一点也没有也太奇怪，但那并不是我人生的目标，升上主管才是我的人生目标，而不是跟那些年轻的女生一直做同样的事。我怀孕之前的世界，并没有因此而改变。

另一个使我痛苦的，是这里跟养老院没什么不同。小时候去看过长年一直住在养老院的外祖母，她那时候已经失智很久了，究竟多久我也搞不清楚，那是一个在六楼、狭窄的空间，所有为了让政府机关检查的设备，都只是拍起来好看的：交谊厅只是两张桌子一张椅子，所谓的艺术欣赏，只是一个玻璃柜里，摆着夜市买来的装饰品和从夹娃娃机夹来的玩偶，这些用照片呈现时，看起来好像很丰富，但其实是贫乏不堪的人生，简直是躺在里头的老人的缩影。最惨的是，原本抗拒着不想住养老院的外祖母，后来居然爱上了住在那里，反而不愿意回家。她的同寝室室友躺的是个不能言语、只能用鼻管喂食的老人，即使这样，她都觉得比回家要好，每年过年可以放假回家吃年夜饭，吃完之后她就急着要我妈妈将她送回去。

在那个养老院，外劳看护人员只能坐在楼梯和走廊间的狭小空地，煮食他们的晚餐，那里有一个小小的快速瓦斯炉和白铁锅子、几副碗筷。在坐月子中心的我虽然住得很豪华，但本质是一样的，我被丢在一个与家完全不同的地方，我是不是会永远回不了家呢？这里让我想起那里的气味，那些孩子的气味和老人的气味，无论是刚生或是将死，都有一种粉粉甜甜的味道。为什么我们人在这两种阶段会有这种味道呢？我无法克制自己，明明是两种背反的事物，对我来说却是同样的禁锢，一个是为生所禁锢，一个是为死所禁锢，总之都失去了自由，然后我会开始感觉习惯，最后一辈子被禁锢，变得跟外祖母一样，不想回家吗？

一

……我会伸手进袋子把双面胶带一侧的贴纸撕掉，抽出来后立刻贴上。但这不是一串连续性动作，把贴纸撕掉之后，就像手枪打开保险，还没有要射击，只是让自己进入那个要贴的状态，接着选好出手贴的地方，这时有点紧张感，怀抱着准备要伤害谁的感觉，开始瞄准，将射击某只动物。在袋子里的手，轻轻地含掌护着已裸露的胶带，别粘住袋子内里，我是新手，没办法很快，这全是单手动作，如果是右撇子就只能用右手完成，左手无事一般，可以拨拨头发，摸摸下巴或耳垂，像阿任你的习惯动作，紧张时或是打算做个得专心的动作之前，会先摸摸脸颊。老手真的跟闪电一样……

■

美君对我仍然是开朗的样子，但看着孩子的眼神却非常空洞，她生了孩子，却毫无精神。我问医生怎么会这样，他说大概有点产后忧郁的问题，要看看一两周之后，也许就会好一些了，或者在坐月子中心里参加几堂辅导课程。我倒希望她能像医生说的产后忧郁，对我发脾气或抱怨一类的，我偷偷问护士，我不在时她是否会对她们发脾气或哭泣呢？她们说不会，而且填写产后忧郁症量表，也表现得很正常，她们甚至觉得美君笑口常开，是个好配合的妈妈。只是有一点，她几乎一滴奶水也没有，一般妈妈总是或多或少会有一些，即使是量少的，但她的实在稀少得可怜。我带了一些补品给她吃，医生也开了药，似乎只有一点点效果，并没有特别的量，护士们说，她就像是死锁的水龙头，但又有点缺口，才会滴出一点点来，我问美君是不是身体不舒服呢？她说没有。

她还是会感到奶涨，但好像是潮水一般，一波过去就好了，也不用挤出来。有一天，孩子离开她之后，只有我们两个在房间里，我看着一直躺着的她，怀孕并没有使她看起来变得更胖，胸部也一直维持跟过去一样丰满，我开玩笑说：

"不然我来吸吸看,能不能吸点奶出来?"不想让这个分泌奶水的话题变得很严肃,反正孩子不喝母奶也能快乐长大很正常。没想到她说"好啊,你吸吸看",自己把睡衣打开来,把没有特征、像是军队配发的肉色奶罩脱掉,丢在一边。她的奶头发黑,比怀孕之前黑了许多,又黑又大的,我用手扶了扶,比以前确实要沉重一些,形状也稍微下垂一点。

她说:"有什么改变吗?"
我说:"还好,没有变很多,还是很大啊。"
她说:"那你吸吸看,有什么不同的感觉。"

我把嘴巴凑过去,一阵冰凉,我一下子就用力地吸,以为会有奶水进到我的嘴里,但什么也没有,她的奶头也没有因此硬起来,对她来说好像没有什么性的吸引力。我偷看她的表情,没什么变化,只是闭着眼睛,很疲累的脸色。我吸完右边,又吸左边,两者没有什么不同,她以前右奶是比较大,现在两个奶子一模一样大,这表示里面一定有积蓄什么吧?我不太懂,但毕竟有一点变化。我一边吸,一边觉得下面硬起来,我看过跟孕妇做爱的 A 片,一直很想试试,而且是会喷奶的那种,但我不敢说出口,我一边吸她的左奶,另一只手开始搓揉她的右奶,或许会让她兴奋也说不一定。

我弄了许久，她没有阻止我，但是也没有发出任何声音，好像我正在玩弄一件跟她毫无关系的东西，我软掉了。我有些不服气，她怀孕以来我没有碰过她，我很想跟她做爱，于是我不告诉她我已经软掉，继续努力地弄她，我把手伸进她的内裤里，她那里有点黏黏的，坦白说我不知道这时候可不可以跟她做爱，其实她只要说一句"现在不行"，我就会马上停手了，但是她不说，就好像是旁观我可以无耻到何种地步。

我觉得很饿，但不知道要怎么跟妈妈说，我只想吃一点点饼干就好，或是一颗糖果也好，以前妈妈会给我含一小块碎掉的糖，全部都是麦芽做的。我记得糖果很好吃的，但我不敢跟她说，我是不是太贪心了，因为我跟平常一样的肚子饿而已，怎么可以想到要吃糖，要先吃饭才行。但我吃得很少啊，我只要吃一点点就好，但是妈妈说，没有东西吃不是我们两个人的错，是爸爸的错，因为爸爸不来接我们回家。可是爸爸就要来了，我知道的，我有时会听见妈妈在跟爸爸讲电话，所以爸爸知道我们在哪里，为了怕爸爸来的时候找不到我们，我可以再饿一下下没关系。但是连一点点的东西都不能先吃吗？其实爸爸比较疼我，虽然他们两个都一起在家的机会很少，可是每天几乎都是爸爸去嬷嬷那边接我的，嬷嬷还说怎么爸爸人这么好，每天来接我。因为爸爸下班比较准时，可以固定来，但是妈妈好像不行，我喜欢爸爸比喜欢妈妈多，所以我相信爸爸会来带我回家的。

我觉得有点恶心想吐，我很努力不要睡着，妈妈也叫我不要睡着，我如果想睡觉就会想生气，爸爸如果不陪我睡觉的话，常常会被我骂，有时候我会一直讲话，像是要把一天没说的话全部说完，我还会乱翻东西，跟猫一样，对，是妈妈说我的习惯跟猫一样，会把桌子上的东西推下来，因为我很想睡觉，可是又舍不得去睡，我想要抱抱和玩。我有点睡有点醒，我醒了然后爬下床，床边没有东西遮着，我走到餐桌觉得有点怪怪的，因为看不到妈妈，我知道她在家啊，然后我看到浴室的门是关着的，才知道妈妈正在洗澡，我开始哭了，想要大声叫她，但是这好久好久的感冒害我喉咙叫不出声音，一喊喉咙又很痛，妈妈听不见。我要让她知道我醒来了，我一醒来就一定要让爸爸妈妈知道，妈妈说我小时候还不会说话，一醒来就会发出像小猫一样的声音，等到我会说话了，就会直接叫他们。我要让爸妈知道我已经醒了，如果他们不理我，我就会很害怕，好像他们不要我了。

一

　　我怎么可能不爱小娟你呢？但我却如此痛恨你，每次这样想，我不得不恨恨地看着你。要离开旧家时，我正烦恼要打包什么，你说可不可以把风铃带走，我一时之间被你激怒，都什么时候了，你居然在烦我带个无用的风铃，像要杀掉你般地看着你，你被我吓得不敢说话。但现在我看着风铃，觉得这个才是人生里最重要的事，让我有从现实片刻逃逸的可能，谢谢你。而在露台上，仍有许多悬挂的衣物，夹着塑胶夹，房间里也有，在简易晒衣架上的衣物，有我的，也有你的。

　　我还来不及收衣服，我有点懒，一想到要一一收下来，还需要折好才能放进衣柜里。吊在那里没什么不好，只是已经过了好几天，我一直没去收，上面大概布满了灰尘，是不是也附着鬼魂呢？小娟，你要记得喔，听老一辈的人说，只要将衣服在外头晾过夜，就会有无处栖身的鬼魂附着在上面，每一夜，一件衣服就附着一个，越来越多，他们等着被收进房子内，收进衣橱里，像是一件本来就属于这个房子的用具或成员，以便重新获得一个家的生活，因此即使晾干了，衣服也会变得若有似无的沉重。

今天是出太阳的好日子，但前几天还是蒙云罩雨的气候，干的衣服先是潮湿了，像是臭掉的酸菜粘在杆子上，然后今天出了太阳，这时候还没有完全干，像是刚烘到一半，有点潮潮的，散发霉味。为什么下雨时我没及时去收衣服呢？发生了什么事呢？你记得吗？我是个喜欢洗衣服的人，洗衣服让我心情平静，脑袋可以放空，但做菜却不行，我不喜欢到处脏乱油渍渍的感觉。我不喜欢那种紧张感，在我不顺手的领域里任何出乎意料之外的事，都会使我精神紧张，我本来就花很多时间在工作上，不想再花心力在煮饭上。有工作的时候，我比你爸爸还要忙碌，即使放假也常常在工作，他还比我更常煮饭给你吃。反正打扫有请人来扫，其他家事我不喜欢做，没人打扫就会很乱，跟我年轻时一样，年轻时，我的房间本来就没什么整理，衣服和书全都乱丢一通。这里暂时披一下，那里暂时放一下，东西自然就堆叠起来，他们像是有生命似的一直滋长，并向有空间的地方移动，不一定是趋光，而是趋向有氧气之处，所以不难生活。

我是否曾经想自杀呢？当然有，只要死掉了，什么事情都没有了。我会不会舍不得小娟你呢？我会舍不得的，但实在太痛苦了，反正把你送回去给爸爸就好了，在这一点上我还非常理性。自杀像什么你知道吗？其实就像一片又蓝又宽广的海，漂浮着一点点雾气和微小粒子，你会觉得其实是可以反悔的。

在那中间，有个红色的点点，像是一个浮标，不会随浪漂浮到别的地方去，只在定点高低地起伏着，不骗你，所有的自杀都是要朝那一点去，否则没有目标，好像那是一个指示，一片又广又宽的蓝色海面上，只有去那里才是一个终点，太近不是，太远也不是，自杀没有要去更远的地方，只是要离开这里而已。

如果不说出来，没有一个地方是适合死的地方，不对，应该说没有一个地方看起来像是死过人。如果不留下痕迹，谁能知道这里曾经死过多少人呢？空间还是一样一视同仁的干净清爽，一样的阳光灿烂或一样的肮脏不堪，这跟一对恋人不敢再重回旧地，不敢让新的情人知道自己熟悉的地方是一样的。

……一瞬间就贴好，而且可以完全对齐墙角、电线边缘或另一张传单，然后若无其事地走开，出手的瞬间甚至连脚步都不用停下来。我们背着袋子在通廊下游走，没人知道我们何时会出手。我们这种新手很怕刚好有人在身旁，可是老手才不管，即使有人正在旁边，他们也能神不知鬼不觉地贴上，旁人根本搞不清楚那里是否原本就贴了中介广告。我们这组有最大的风险，会被清洁队包围痛打，也会被检举，警察会来捉我们，虽然有事先打点，但那是保护上面的，不是保护我们的。所以我们的钱最多，我跟随一起行动的老手，就有点瞧不起举牌人，认为他们是废物，没有专业技能，或只是好吃懒做的穷鬼，不像我们得担负这么多风险，又有高度技术性，还有美感要求，我们是派报社的ACE王牌，像是真正的、沉默的游侠。我只做了两个星期……

■

我痛恨我的这头卷发，当时我一定是失心疯了，才会去烫这头卷发，我是听了谁说的呢？这样的一段时间，居然还会动念去烫头发，那表示我还想继续这样下去啊，这是上个月的事情了，或许是在街上的看板看到了哪个明星的样子，觉得一头卷发好像还不错，或者是我觉得人生需要有所转变，但哪里有需要转变？

阿任你觉得，如果我去做点整形的话，会不会变得更好一些呢？比方说把我的眼睛打开一点，我的脸颊太胖了，做点抽脂，打点肉毒杆菌让肉紧实一点，然后镭射去斑，和飞梭去角质修补坑洞，我甚至想要削去我的骨头，我的脸颊太大了。如果动了手术，我会好上许多，我会比过去美丽，我以前怎么没想过这么好的方法呢？

我以前对这个很不屑，女人怎么会做这件事，但趁现在我们暂时分开，我想要跟过去不一样，我辞掉了工作，在下个工作之前，我要成为一个不同的人来面对新同事，他们不会知道我过去的样子。我真的去做了，但都是小手术，几个小时就好了，没有真的去削骨。小娟看见我的脸上有伤痕，我就跟她说，我是去让自己变得更美，她会有个更美的妈妈，虽然这样的说法实在太不像我，我怎么会变成这样。但与其说我是为了让自己更美，不如说是一种宣告，宣告一个新的开始，我后悔没有早点做这件事，若是还在家里就做，你一定会吓一跳的，但谁叫你要失去我，不好好珍惜。我的整形是要给未来爱我的男人看的，我一定会找到一个比你更好的男人，这样的男人才能有资格拥有全新的我。

小娟对于我的微新模样感到好奇，她说："有点不像妈妈，但妈妈真的有变美了。"确实是这样，为了整形这件事，我把所有带出来的钱都花光了，当然之前为了生活和日用品花了不少钱，我有一段时间没去打工，原本薪资账户的钱已经提完，年轻还在努力工作的阶段，我保留了一个账户，足以应付半年失业生活，不过结婚之后这个户头没有再更新过。本来也没必要不是吗？前段日子才发现紧急账户的钱已经好几年没有增加，现在也花完了，没想到在外面花钱这么凶，邮局里还有以前退税的钱，可是我没把邮局本子和提款卡带出来，又不能回家找，我不愿意求你。这原本他人的房子，被我整理得像个自己的家了，你却从来没来看过，你知道我们住在这里的，对吧？我一方面要让你知道我离开的决心，一方面要让你知道我在的地方，当你看到我时一定会很惊讶，我和小娟过得很好，我也变得漂亮了，你会后悔而求我回家的。

"爸爸很快就会来接我们了。"我这么跟小娟说，"爸爸知道我们在什么地方，离婚协议书，上面留着明明白白的住址，爸爸看到了，就会知道我们在哪里。"

小娟说："妈妈我好饿。"

我说："再忍耐一下好吗？爸爸要来接我们了，如果我们出门，他找不到我们，就见不到他了。手机不通，没有钱，我们不能出门，一出门可能就会被别人骗走，把我们最后的钱骗走。"

小娟说："妈妈我好饿又冷。"

我说："你正在发烧我知道，但医生只是要我们的钱，他们会骗人，他们瞧不起没有爸爸的人，也瞧不起没有幸福的人，会把我们锁在医院里，你不要废话了，我们出门就会消失掉的，所以我们不可以出门好吗？出门了，爸爸可能就找不到我们了，我们要在家里，我知道你很饿，但要忍耐一下，不是今天就是明天，甚至可能是下午，爸爸就来了。爸爸最爱小娟，他可能已经坐在捷运上了，可能捷运有点故障，前几天不是就故障了吗？有人把篮球掉到轨道上，害得捷运故障了，可能是这样，爸爸正在捷运上焦急地等着，怎么还不开车呢？以前我们有坐过捷运不是吗？上面会广播说，本车因调度问题临时停车，请乘客稍等，虽然听到这样会有点烦，可是还是要等啊，总不能跳下车，我是说爸爸，他总不能自己跳下车在轨道上跑吧，我知道他急着想来，但还是要安全至上，对不对，小娟，爸爸快来了。如果不是今天，就是明天了，他可能正坐在客厅里，心里面想着：'为什么明天不快点来呢？明天只要一到，我就可以出发去看我最爱的小娟了。'他一定是这样想的，不可能有别的想法。我知道你饿饿，但是我没有钱，也许在户头里还有一点钱，但是我没法走出去买，我不想看见别人，他们一点也不了解我们，只是会用那种眼光看我们而已。我们又没欠他们，我们只是想过自己的生活。那些都是陌生人，心里面瞧不起我们，我才瞧不起他们咧。而且，我也不想麻烦别人。你也不可以麻烦别人，这样很丢脸。"

■

　　我还想要去幼儿园，但是妈妈说不用再去了，她说我已经毕业了，可是我没有像别人一样参加毕业典礼啊？奇怪？？？我很喜欢去上学，我每天都准备好要去上学，常常六点就起床，自己去刷牙洗脸，用我的小脸盆装水，假装自己会弄似的弄过一次，嘻嘻，但其实后来还是要妈妈帮我弄一次，然后穿好自己的衣服，前一天衣服我就要妈妈放在床上。妈妈一定都不晓得我这么能干，就像她一样，妈妈从小就要我做好自己的事，所以我穿好衣服后，会坐在床边等，我等得不耐烦了，才会去叫她起床（很快啦），我会用身体撞门，因为我怕她听不到，妈妈说这也像小猫一样任性，就是不听话的意思。

　　我好喜欢上学，好像讲过了，再讲一次，每天都想赶快去跟同学说话，想让他们看我穿的新衣服，还有新的彩色笔、新的橡皮擦，妈妈每天都会给我一件新东西，有大有小，有时候是一根回纹针也行，这样我每天都有理由跟同学说话，妈妈对我说："你可以跟同学说，我过得很幸福。就像妈妈一样。"

我有点不知道幸福是什么啦，但妈妈说这个的时候很认真地看着我，害我有点害羞，我想照着妈妈说的做就好了，就可以幸福了。所以我坐在床上等着去上学的时候，心里面就是在想："我今天去学校，一定要让大家知道我自己是个幸福的小孩，还好我有个好妈妈。"妈妈好像很怕我忘记，所以从我很小的时候就跟我说："要先假装有幸福了，才会真的有幸福喔，不要忘记，就像只有自己先笑了，才会开心。"我问她为什么，妈妈说："因为笑的肌肉牵动会引起神经反应，就会引发管开心的神经，分泌出觉得快乐的物质。"说这个太难了啦，我不懂，但是我懂得以后我只要一觉得不开心，就会用手扳扳自己的嘴角，让自己像是笑的样子，我发现这样真的会变得比较开心。

一

……并没有拿到最后一次的薪水，我觉得很丢脸，我的效率太低，我以为做得到，但实在笨手笨脚，什么也做不好。而且又怕被熟人见到，怕被阿任、阿南你们看到。虽然在街上走动，我其实没有心思去看街道有何不同，这些地方都已经被探勘得非常熟悉。老手们就像经验丰富的雪巴人，建立了一个又一个的基地营，在长达十二个小时的时间里，他们知道哪里可以休息不会被赶，有比较舒服的位置，总是会有遮阳之处，或是晚上夜市还没有使用的桌椅，可以搬下来坐一下，喝自己水壶里的水；知道在哪个地方站着最不起眼，不会惹人嫌恶，不会觉得我们很奇怪，被误以为是小偷，哪有愿意给一杯水喝的店家，哪有便宜便当可买，或是小摊子可以坐下来吃一碗六十元的炒泡面，或是难得奢侈一点喝一杯咖啡。贴的地方当然不是光鲜亮洁的豪宅大楼，那里都有警卫会赶人……

一

　　刚结婚时可以忍受美君的坏脾气，我还是爱她的，扣掉她令人难以忍受忽然趾高气扬的脾气。但年纪大了之后，我忽然很想过自己的生活，不想要为什么人低头或忍耐，想要能够随心所欲地生活，反正我对性爱已失去兴趣……骗人的，我并没有失去兴趣，但不想为了这事对她卑躬屈膝，我想要一个能顺从我的温柔的人，是以我为主的人。我知道这世界不会对我这么好，但我就是想要，我厌倦了为美君生活，为了讨好她，为了不毁掉一个假期而忍气吞声。我以前多爱与她去旅行，从未想过她是一个多坏而自私的旅伴，我再也不想和她去旅行，承受她的心情。

　　我知道是我对不起她，但去年我跟小薇外遇了，美君当然不知道。她是我技术学院的小学妹，现在是个文案工作者，每天的工作就是写各种实体或虚拟的卡片文案。和她做爱的时候，就像跟未成年的孩子做，她是个身材瘦小的女孩，小我十多岁，她细致的叫声和紧张感像是小孩子，不管和她做爱几次了，她都像第一次一样，像是害怕被发现，不知所措地怕痛，一方面抗拒，一方面又迎合我想怎么做都行。把那根塞入她的嘴里时，她也愿意吸吸看、舔舔看。做爱时虽然是这样，但一做完就立刻变成另一个人，恢复成可爱调皮的模样，和我打打闹闹的，好像刚刚跟我做爱，什么姿势都被我像充气娃娃那样折叠弄过的那个人并不是她，节庆或守灵的气氛一下子转换成日常生活，中间没有缓冲或渐层的地方。跟身材瘦小不符合的是，她有一张大嘴，一张开嘴就可以从下面把我的整副东西和大半根那个全部吞进去，塞得满满的，跟她小小的脸比例有点不符合，好像整张脸只剩下一张嘴。

她爱说话，也是这样的缘故吧，她擅长用嘴巴。她的男友我也认识，曾经是美术工作的伙伴，我很羡慕他可以常常和她做爱。她本来不擅长，也不是热衷这种事的人，都是因为跟我在一起之后，才被我训练成荡妇，她是这么说的，荡妇，什么都敢做。她的身材虽然单薄，但比例均匀，穿起T恤配长裙特别好看，像一片秋天的叶子。说话时会自然而然地倾倒在我身上，但又不是特别对我如此，而是对每个熟悉的人都如此，说没几句话，就会又打又抱。她是这样个性的人，其中并没有情感或性欲的暗示，虽然没有性欲暗示，但被这样靠近久了，我自然而然就变得很硬，很想要她。

因为她的身材太单薄了，我抱她，很怕压伤了她，那细小的骨架，和小小乳房，我喜欢用两三根手指把玩就好，然后整颗塞进嘴里，像是含一颗糖葫芦，舌头拨弄着，在里头，她的乳头，好像是红糖浆自然凝结垂滴之处，特别地甜，可以长时间地吸吮也吸不完。她的乳头也是小小的，有点内陷，即使高潮硬起来，也只有微微突出。

但她是个很爱担心的人，不管何时总担心着别人或自己的事，比方说，我和她做爱，她一边发出快乐的叫声，一边会流着泪问我："怎么办，我们这样会不会被他们发现？"他们指的是她男朋友和我们共同的友人。

做爱好像变成了抱怨大会，她会紧张地说："我们这样好吗？可以这么快乐吗？"
我说："你不喜欢吗？"
她说："喜欢，我也喜欢你问我今天过得好不好。"然后她哭得更多，"可是怕被知道，被知道了怎么办，很麻烦。"

我不知道她的哭点是什么？或许我该让她着迷我，却不要和她做爱？可是她表现出很愿意的样子，让我觉得和她做爱一定很棒，对两人都是。我当然知道很麻烦，所以要小心不要被知道。我把她翻过来，以我身高一百八，而她才一四八厘米的纤瘦身材,简直像翻只小鸡。

她说:"我们差十多岁,我们真的会合得来吗?喔喔喔,我快昏了,嗯嗯,就这样有空在一起就好了。我怕我没时间陪你,因为我住在家里,跟他一起。可是没陪你,你会不会不要我了?""又没说要你跟他分手,我们像现在这样就好了……"我紧紧搂住她,像是把她整个人包进我的身体里碾碎,小声地在她的耳边说:"别想太多。"别像美君那样想那么多。

∎

……而且那太过光鲜亮洁,让我觉得贴下去会对自己可耻,我对那些敢示威式地贴下去的老手敬重不已,他们知道一点用处也没有,派报社也不要求我们去贴那里,但就像为了赌一口气,让人们知道我们不受他人约束,不受成习规范,我们用我们的武器,一张张的贴纸去伤害那些不公不义的光鲜亮洁。虽然无效,但就是图个爽,图个自我感觉良好,图个意识形态鲜明,为何涂鸦就是一种艺术,那我们贴贴纸,不也是对这过于整齐干净的新社会的抗议,也是一种艺术吗?算了,其实只有我会摆姿态这么想,我们贴的地方还是以住民密集的旧式大楼或老公寓为主,不然就是新成屋,还没有卖出去的,也许就有人想转卖一类的。外墙本来就脏兮兮的,还有破烂的铁窗、外露的冷气机、水管、有线频道线路、变电器、电线,还有重复粘贴的贴纸,残留发黑恶臭的干硬胶液,没被撕干净的纸屑,这都是前辈们留下来的成果,可谓之斑斑血迹。但我不敢到新的地方去开发……

有一次我在电视上看到蝙蝠侠电影，里面有个可怕的小丑，我问妈妈为什么他一直都在笑，妈妈又说了一次，妈妈说小丑是个被爸妈抛弃的孩子，是没有爸妈的孤儿，其实蝙蝠侠也是，可是蝙蝠侠一直臭脸，看起来总是不开心的样子，所以他的人生就很悲惨，但是小丑为了要让自己开心，开心了才能称霸高谭市，所以他一直强迫自己要笑，他怕自己忘记，就用刀子把自己的脸割成一个永远的笑脸，这样他就会永远开心，才能有力量来统治这些别人。妈妈没有说这么多啦，是我自己这样想的，可是就像妈妈说的，要先假装有幸福，才会有幸福，这样的小丑不是跟我很像吗？我很喜欢，我觉得蝙蝠侠是蝙蝠的化身，又黑又脏的非常可怕，至少猫女长得很漂亮，又是我喜欢的猫。

蝙蝠侠很惨耶，全身穿得黑黑的，又只能孤单地住在山洞里，不敢让人家知道他是谁，但小丑很好啊，他都穿得漂漂亮亮的，好像随时都在过马戏团的生活，有很多漂亮的光和好听的音乐，还有飞机、动物、卡通气球，表演特技的人，看起来很开心，而且跟我一样，会一直出现很多小玩具，可以拿出来跟朋友分享。小丑对小孩都很好，我没有看他伤害过任何小孩，他对大人不太好，但那是大人的事，反正是演的也没关系啦。那个时候，我常常叫妈妈或是爸爸买小丑的玩具给我，不是什么小丑都要，我就只要蝙蝠侠里的小丑，像是他的面具，我也戴得很开心。爸妈是不是会觉得我有点怪怪的？我是一个可爱的小女生耶，会喜欢蝙蝠侠的东西就有点奇怪了，而且是喜欢里面他们说是最可怕的坏蛋。

■

　　我曾经尽力工作过了，并不是坐以待毙的，阿任，我试过了。我曾经去了附近的一家臭臭锅打工，我喜欢每天开店前，只有我一个人先来开库房的门，准备物材的时光，总会发现一只不知从哪里钻进来的黏人野猫，我想是库房某处破了个洞，但被大批的纸箱杂志遮住了。

　　我得一直把猫从我身边抱走，把它丢到桌子底下，但它一直跳上桌子，不死心地丢几次它就跳上几次，一百次一千次一万次，最后成为无法跳动的骨骸。它敏感又易受到惊吓，任何的声音都会使它警觉，当然不知道它的心里在想什么，它如一团宇宙。堆在角落的纸箱许多被它咬得碎碎露出一个一个的洞，里面的衣服毛巾都被拖了一角出来，我不想整理，就拿别的东西遮住，不让别人发现。

　　我花很长的时间看它呕吐，它常常吐，我想是因为它常常吃不饱，结果吃了太多塑胶绳、橡皮筋、塑胶袋和纸箱，加上自己的毛，我随便它要咬什么就咬什么，但包好待丢的垃圾袋被它咬破了，我很生气，才追着打它。它呕吐时看起来非常难受，身体卷起像是被电击，发出高音频的叫声，它咳了咳，嘴巴张得老大，像是打哈欠，然后喉咙猛力地往上推，可是一开始什么也没办法吐出来，只吐出一点黄澄澄的黏液，吊人胃口，我感到紧张而有一种快感，也想试试这样做，所以就挖挖喉咙，我这胖胖的身材，吐起来一定是全身的肉都在颤抖，很好看吧。

"不是叫你拿蛋跟鱼饺吗？说两次了，你是有没有听到？"打工的小鬼说，"快啦，倒出来了啦，搞什么啦。"我想起以前每日要分析的资料那么庞大复杂，像是掌握了一个社会的盛衰，在这里却是个笨手笨脚的菜鸟，什么也不会，"你去站旁边啦。"我老是被这样骂，我是个累赘，在这家小小脏乱，或许连营业证明也没有的臭臭锅店。但是我为什么会在这里包着臭臭锅？手上提着自助餐便当的男人骂我为什么先包那个人的，不先包他的，然后转过脸去跟旁边的女人吹嘘大学、研究所时代的丰功伟业，好像这世上只有他一个人能够办到，而旁边的女人似乎也流露出认真听讲的样子，或许那男的是她们的主管也说不定，只好委屈自己当只听话的绵羊，我想自己以前怎么不这样呢？或许在公司就会顺利一点。

警察为了你打我的事来访问了两次，老板吓了一跳，以为发生什么严重的事,他倒是个亲力亲为的人,因为害怕警察常上门就会引来卫生局和税务局什么的,就多发我一点薪水,叫我走了。

一

　　这时候我才想起我有好久没戴眼镜了，眼镜丢到哪里去了？没有戴眼镜也不觉得生活不方便，因为已经有一点老花，所以近视眼镜就变得不需要了，有这种感觉是这几天的事情而已。我想看自己填写的每月记账，但这到底有什么意义，这一年多，和小娟离开家之后，一直都是负的账，我仍然一笔一笔填好，虽然没有连细项都记下，如今一看，我对某些数字感到怀疑，可是再也想不起为什么某一笔会花了这么多钱，除了一些固定支出，许多钱不知如何花掉的。这账本是一本普通的笔记，上面印着美国西部时代邮局标志和深蓝色分隔线，是阿南你送我的，你就是会做这种事情的人，从大学时代就是这样，送我一些无用的东西，像是笔记本、一册好看的信纸、一个观光区买来的护身符或一个木刻小人，对我来说这些东西都跟日常生活搭不上关系，只是摆着好看而已。我的个性是务实的，但你却偏偏要勾引我浪漫的一部分，我觉得这实在浪费自己的时间，少做了很多事。

　　我想起有一次跟阿南你一起坐捷运要去河边。那是很早的班车，一个假日，从我们这一个尾站出发，人很少，空空荡荡的。那时我们还是学生，我想着要去海外念书，等我念完硕士，还想去英国读博士。虽然不是很乐意，但我仍然怀抱着青春可以稍微快乐一点、计划有一点点缓没关系的心情，在春天时随你走走。

在那样的春日时节，我可以将一直怀抱着的紧张与一板一眼稍微地放下来，踢到桌子底下去。幸亏有你在，让我可以有个借口，至少怀抱着未来可以与你谈恋爱是个可以轻松一下的借口。趁着春天来的时候，往河边去，下午再回去补习就好了。我不知道你是否还记得，这一天对我有多么重要，让我觉得自己曾经有过青春的模样。

但回程之时，我们在拥挤的车厢内，你记得吗？车厢突然从冷清的空间变成密集着汗味与体温的地狱。以前的我，和你在一起或可忍受这般的近距离接触，但现在却不行了，我害怕去碰触到他人，不是怕他们会伤害我，而是怕我会带给他们麻烦，是我身上的恶臭会打扰他们，不，当他们觉得麻烦，我又得道歉，我不喜欢道歉，这又对我产生麻烦。

话说回来这世界上没有什么无意的事，一切都是有意的，即使看起来，乍看之下是无意碰到也一样，否则他为什么不去碰到别人呢？而且我听见他们在讲手机，都是满口谎言，明明还离目的地好几站，却骗对方说快到了，我能相信他们碰触我是无意的吗？我不想想这些事，现在每次出门，我只想快点回家就好了。

我从美君家离开时还是会愧疚,对两边都愧疚,我心里只把美君当成炮友而已,不可能跟她从头开始,我们已经离得够远了。另一方面,我也对女友愧疚,我是真的很爱我的女友的,她的名字叫作秋津,现在是专门接各公私机关代编刊物的自由编辑,跟我在一起之前,她其实是网路上有名的文艺美少女,非常爱读诗,也写诗,入选过好几年的年度诗选,出过一本畅销诗集(卖完了一千五百本),一些色迷迷的中年男诗人一天到晚写讯息给她,想指导她怎么写诗。

我现在是个平凡的文化局图资科公务员,已经不再弄文学了。我会喜欢上秋津,简单来说就是她实在长得很美,不要说比美君还美,大概是我周遭朋友里,我可以遇见,或曾遇见有可能成为我女朋友的,或一般女人里最美的。而且别看她一天到晚在脸书上写一些心灵成长的玩意,私底下却是个很热衷于做爱的人,我不能说她是贱货,但在我之前她确实有过很多男朋友,即使跟我在一起的早期还脚踏数条船,一边跟我交往,一边又跟其他男人们牵扯不清。我虽然生气,不过我也没对人家特别好,老实说,那段重叠的时间里,我也跟朋友的女友打得火热。不过说来奇妙,就这样经过了一年，她累了，我累了，两个人都乖乖回家，她说："我们住在一起好不好。"我一下子就答应了，于是找了一间房子，在一栋新盖好的大楼十三楼，租了二十坪房子，开始一起过日子。

从那时候开始，我们几乎一直黏在一起，一个星期要做爱三四次，她的需求很大，什么都可以玩，我也是，她特别喜欢我玩她又大又弹的胸部。她也很擅长煮菜，还去学了一阵子的法国料理，我很爱喝马赛鱼汤。跟她在一起的生活简直像在天堂，我的公事包里随时会放一件她前一天穿过的内裤，手机里则灌了非常多她的裸照，有空的时候就会点出来看，她说从来没有给别人拍过，因为别看她这样，她其实很害羞，我不知道她说的是真是假，但我很爱她，所以相信她是这样的人。

跟大学时的美君相反，美君从来没有一次让我牵她的手，我根本不知道美君喜不喜欢亲热这件事，也许她是个性冷感也说不一定，但也许只是没有让我好好开发过。我以前就交过一个女朋友，啊其实就是朋友的女朋友，她也不喜欢做爱，我心里想，哪有那么多不喜欢做爱的女人，不喜欢做爱的女人完全是浪费了，我这个人对脸不太挑，只要不要长得太恶心，我都可以上得了。而且就我微不足道的经验来说，不管脸长得怎么样，只要身上没有臭味的女人都棒得不得了，可以把男人弄得像神仙一样快乐，这是女人天生有的优点，跟高矮胖瘦美丑无关，自然身体会反应跟海一样，不管是平静或凶险，都可以淹死人，跟火山爆发都会烧死人一样。

秋津是所有男人的梦想，人又美身材又好又喜欢做爱，简直完美极了，但我猜不透她为什么会决定要跟我，她以前的男友要么就是很有钱，送她的东西随便都要我一个月的薪水，要么就是非常帅气而且又是学长，天啊，我有多讨厌学长。我的学历比她还差，个头比她还矮，她喜欢出门就有车子接送，但我连一台摩托车也没有，出门只能散步和搭捷运。她内心一定有什么地方垮掉了吧，当她告诉我想和我住在一起，我从来没问过她是怎么回事，没问过她那些男人怎么了。她是那种不吝啬跟前男友藕断丝连的人，却毅然决然斩断那些，也许还有联络吧，我不知道。她说她想要有一栋有院子的家，还能养狗和养小孩，跟我一起窝在家里看书，你一定很难想象织造这样浪漫美梦的女人，会一边帮学生上编辑课，一边跟我用LINE讲一些情色挑逗的事，这是男人梦想的女人，不是吗？

当我看着秋津时，我常常会觉得自己配不上她，还是其实不用想这个？跟她在一起，我的文学才华像是反射最后一小片天空的干涸池塘那般微不足道，但她好像不太在乎这个，她愿意跟我在一起的唯一原因，是因为从她诗意般的盼望看着我时，"你如鲲鱼一般群聚广游的随便态度"。她认为我是个能符合她的人生梦想的人，"又像是蔷苡一般，那是一种只开一秒的花，并且能在任何的野草上开放"。她这么说，但我搞不懂是什么意思。

但是我也知道只要来美君这里，我会有些甜头可尝，将房子租给她就隐隐然有这种预感，像她这样走投无路的女人，我是可以在她身上弄到什么的，不是钱，至少是身体。忽然，我看见一个奇怪的女人，在捷运入口，她穿着一件普通的蓝背心无袖洋装，里面是一件黄色T恤，脚上穿着一双平底的包头鞋和白色袜子，背了个褐色皮包，身体瘦瘦小小的很苗条。光是这样跟一般女生差不多，可是她的头长得好奇怪，她的头转向右边，没有脖子，就好像是一颗头直接种在肩膀上，我看着她的脸，只有一会儿，她的五官是分散开来的，好像在捏泥土时，用力往鼻子中央压下去，鼻子几乎是平的，眼睛非常小，一高一低地相距着，嘴巴则一直低到了下巴，如果那还可以称作有下巴，几乎已经贴近肩膀。

正面看她,她的脸很小,没有什么表情,或许有,可是我看不出来。就算是对一个几何图形,我们也能投射感情,像是有生命似的,但她的脸我完全看不出来,不知道是什么情感,她好像也没有感到痛苦或不好意思,或有任何自卑,她没有做任何遮掩。我一开始担心她这样能不能好好走路,因为她的两只眼睛都跟头的方向相反,一起朝向左边,她能直直地走路吗?她走得很慢,但并不是有任何残障的不方便,就只是慢慢走而已,非常自然,我想起来这不就跟比目鱼一样吗?两只眼睛都朝向同一侧。

她慢慢走,像是一般悠闲的少女,我无法判断她几岁,从穿着来看,应该是个二十来岁的女孩。我实在忍不住好奇,跟踪她走了一段路,她既没有东张西望,也没停下来咳咳咳不停,走过她身边的人,也没有人特别看她一眼。可是我越来越难过,她让我想起美君,真是不可思议,比目鱼女孩要怎么样追求她的幸福呢?会有人来爱她吗?除了那张脸之外,她看起来就像是个普通女孩,品位普通,身材普通,走路姿态普通,不知道她是念什么学校的,家里是不是很有钱,我想大概不会很有钱,如果她是一般女孩子,大概是刚出社会工作的新鲜人,这全是我的猜想。如果是这样一般的女孩,那她可能很自然地有一个普通的恋人,可能是同事,可能是联谊时认识的男孩，可能是同班同学，谈了好几年恋爱，大学时好想结婚，可是出了社会一忙，结婚的事情又往后延，不知道何时才能结婚。

但这样的一张脸，怎么可能是普通女孩，怎么可能有人爱她呢？联谊时，怎么可能不直直地盯着她，问她的脸是怎么了，或者大家就是刻意避开这个话题，好像她是一般人。她必定有个地狱般的童年，能够保护她的，是依赖别人的礼貌教养，问了她不礼貌，不问她也不礼貌。我想她自己心里也必定很痛苦，每一次与他人见面都得担心别人需要怎样的回应，才不至于伤害了对方。或许她已经习惯了，但新认识的人并无法习惯，要是我的话，大概会像钟楼怪人一般，永远待在一个阁楼里不出门。但比目鱼女孩显然比我勇敢太多了，她让自己像个普通女孩一样，自在地在公开场所出现。但她寻求爱吗？她一定知道的，像她这样的一个女孩，即便是全心全意地付出，也不可能有任何机会能够得到真正爱她的人，甚至连最虚伪的人也得不到。

……那就像是到了一个陌生的地方,不是在一般的城市街道,每处电线杆、柱子、墙壁或邮箱、变电箱,都陌生得一如我从未走进过的森林,没有被踏查过,没绑上冰梯的珠峰西南壁。每样东西看起来都会伤害人,割破我的广告传单和手指头,我看不到曾经被粘贴过的痕迹,就像是未曾见到有前人的足迹或遗留的垃圾,没有前例可循,不知道要如何下手,我怕破坏其中的干净,其实并不干净,在这密集的巷弄之内,多处被排油烟机的油渍所沾染,但就是没有双面胶的痕迹,我不知道派报社的老小姐为何要派我到这条路线,是背后的大老板的主意,还是客户指定的呢?是为了要陷害我吗?或许她觉得我可以一人无氧地去攀爬珠峰。可以不用两人一队,不用了解地形和熟练技巧了,但我对那陌生感到害怕,我怕迷路回不来……

妈妈每天都让我带着漂亮干净的小手帕上学，夹在我的围兜兜上面，妈妈一边帮我调好，一边说："这样看起来是不是很幸福呢？"我看着妈妈，我知道她不喜欢看我愁眉苦脸的样子，妈妈很少生气，如果我被同学或是老师欺负，有很生气不开心的样子，妈妈会问我为什么不开心，可是我有点觉得，她其实不是真的想知道我为了什么不开心，妈妈其实只是想要赶快解决，不然很麻烦而已。我有的时候，不对，大部分的时候我搞不懂自己为什么会不开心，当然是有人让我不开心，像是阿雄今天就让我生气，他早上跟别人说我很假，我哪有假啦。可是又不只是那样，这一天解决了，明天还是一样会因为那件事不开心啊，所以我慢慢不想让妈妈知道，我自己去跟那个人说就好了。

如果有人说我坏话让我不开心，我就会直接去问那个人为什么说我坏话，我会跟他说对不起，我就去跟阿雄说了对不起，其实我才没有真的想对不起，因为我是最可爱的女生，可是为了早点解决这件事，我想没关系，我觉得自己道歉很倒霉也没关系，反正我心里知道我不是这样的人，而且全部是他的错。妈妈说我们要大人有大量，小人也要有小量原谅他,只要他也说了"没关系,我不是故意的"这样的话,我就又会觉得很开心,大家都对我很好,所以我也要对大家很好。可是阿雄说:"你就是很假啊,假公主。"我真的好生气,气得都哭出来了,还好有老师帮我骂他,我不敢骂人。但是在妈妈来接我之前,我知道要先扳扳嘴嘴,这样才会开心起来。

一

小娟你这个年纪，当然不可能搞得懂幸福是什么，所谓假装的幸福是怎么回事，我也一直要到念小学时才搞清楚，得怎么做才能获得幸福。你念幼儿园时，有最干净的围兜兜，我买了五条围兜兜给你，每天都换一条新的，周末的时候再一起洗干净，然后夹上干净的小手帕。

我小的时候都是自己洗，你外公外婆根本不在乎这些事情，可是我为了让同学觉得我是一个体面的人，总是努力地洗着我的围兜兜，可是我只有一条，要小心地不能弄脏，所以我不会去跟同学玩，我拜托你外婆让我多买一条，只要多买一条就好了，这是我念幼儿园时唯一的心愿，但是你外婆不肯。只要让我多买一条就好了，我的所求是那么卑微，我们又不是穷人家，要买三条也没关系，可是你外婆就是不关心这样的事情，只是忙着工作而已，不在乎我想要的幸福的样子，不在乎每天要假装自己是幸福的孩子有多么困难，但正因为如此，我就得更假装地用力一些，不能让别人看出来你外婆不在乎我。

现在的小娟你却不需要，你每天自然而然地有幸福，可以尽情地和幼儿园同学相处，不用担心把围兜兜弄脏，你不知道自己有多么幸福，但同时也不知道自己有多么地不幸，你的人生只是我假装幸福的一部分。

其实我偷偷知道你有喜欢的男生，虽然你不好意思告诉我，我在小学也喜欢一个班长，曾经写了封信给他，我还记得他的名字，班上同学都叫他小天才，他本来就很聪明功课好，老师非常疼爱他，每次班上票选谁是全班最可爱的同学，他都会当选。但是我不服气，我觉得自己才是班上最可爱的学生，虽然我的功课没有班长那么好，可是我是个女生，怎么说也比班长是个男生要来得可爱许多不是吗？两个学年投了几次，好多次连我自己投给自己的票加起来都只有四五票，不是有很多人觉得我很可爱吗？当我问同学时，他们也会说我可爱，所以我就想，那些人应该会投票给我才对，怎么可能这么少票？

那些同学会跟我说话，问我要不要一起吃便当或是一起去上厕所，但为什么没投给我呢？是不是嫉妒我真的长得很可爱，所以故意不投给我？我有问我觉得是我的好朋友的女生："你有没有投给我？"大家都说有，那怎么可能只有那么少的票？是不是算错了，所以我自己跟老师说要当唱票的人，老师也让我做了。我一直捞那空空的票箱，甚至好好监视大家是不是都投票了，可是投给我的人还是那么少，只有一次刚刚好有十票，我高兴了一整个学期，那一次连班长都跟我说："恭喜你，有那么多人觉得你很可爱。"我就是那一次才开始喜欢班长的。

不知道老师为什么要常办这种投票，也许是在民主刚刚发生时的练习，孩子们当然不会往伤害人心的地方想，老师会不会出于恶意。很有可能大家都看得出来，老师对某些同学很偏心，对某些人就是给脸色看，像是对我就很冷漠，但我只是认为，那是老师看我比班长可爱，但她比较喜欢班长，所以用投票的方式让大家支持她。我不反对这样子的投票，这投票是秘密的，本来觉得我可爱而不敢说的人（因为大家怕老师生气，或是怕班长生气），会把票投给我。虽然他们嫉妒我聪明又可爱，所以选干部时都不投给我，但这次可爱票选应该就会，我每次都这么想。

我有点紧张，等到公布时，我要说些什么，我要假装没什么，班长可能也会投给我，我上次已经拿了十票了，这次应该只会多，不会少。他大概在偷偷喜欢我吧，还有，我要不要投给自己呢？会不会太不要脸了，万一被看出来我投了自己，比方说笔迹，我们的投票是直接写上想投的人的名字，这样会不会不好意思呢？我想应该不会吧，我明明是很可爱的，不然要投给谁呢？我想了想，不然就投给班长吧，我希望他也有票数，我觉得班长很可爱，不然也不会写信给他，虽然班长没有回信，我确实是寄到他家去了。

或许是被他爸妈拿走了，我见过班长的妈妈几次，她每天会送便当来给班长，是个穿着像日本女人的高傲女人，便当用花纹大手巾绑好提在手里。在我们那个郊区，每家妈妈所做的便当都很简陋，几片腌萝卜加一尾白煮的多刺的鱼之外，什么也没有，有的甚至连白饭也没有，只有三片烤焦的鱿鱼。但班长的饭菜总是四菜一水果，发出油亮光线，每天大家都会围着他的便当赞美，我也偷偷在旁边看过。我自己的便当都是在校门口对面一家便当店打包的，你外婆没空做便当，总是随便包一个二十元的便当给我，两种菜加一包红茶，我并不觉得自卑，因为班上同学有一半以上的人都是吃同一家，没有例外只有那几种菜可挑。有一次，我的菜里有一块煎过的白肉鱼，我打开来时，有几尾白蛆正从鱼肉里钻出来，扭动着身体。我虽然吓了一跳，但并没有发出声音大喊大叫，或是跟其他人抱怨，这么丢脸的事情能抱怨吗？我只是默默地把那块鱼肉挟到便当盒的盖子上，然后继续吃着只剩一道菜的便当。

或许信被他妈妈没收了,我其实没写什么特别的,只是告诉他,我觉得他很聪明,不愧大家都叫他小天才,我也这样觉得。希望以后两个人能在功课上一起进步,祝他每天都很快乐有好心情。我连一句喜欢的话都没说,我才不是那样的人咧,是别人要来喜欢我才对,我这么想,所以写了这封信,希望班长要来跟我说他喜欢我。

一

　　她无法隐藏，无法有退一步解释的空间，我想大概也无法整形。只要有一个正常的脸孔就好了，不用多美丽，即使被认为很丑也没关系，只要有一个正常的脸，她就可以善良温柔，也可以心机丑陋，可以靠打扮来改变自己，可以被说："她长得很丑，可是心地善良。"所以试看看跟她交往，但这样的脸不行，没有任何的退一步想一下的时空，只要男孩一看见她的脸，就什么也无法想下去了，因为那超过了任何界线，比其他都来得骇人与无法理解。我之所以会想到美君，不是她也是长成这样的人，她的外表很普通，就是像个邻家妇女不值一提，但那种渴求恋爱的态度，就好像她是一个不可能有人要的女人，美君对我说："你对全世界都好，却只对我残酷，你明明说喜欢我的，我还是你从来没那么喜欢过的人，却如此容易将我像垃圾抛弃掉，原来我对你就是可有可无的存在，喜欢我的时候就为我哀伤，不喜欢我的时候就把理智搬出来，把我丢掉这到底算什么呢？我想最终就是我不够吸引你，是我太笨了吗？或是我太胖了？不够好看，或者我不够有钱，或是不够爱你，我是个缺乏魅力的人，什么都不会得到，你到底是怎么看我的？"就好像没有其他人可以让她爱了，她所要的幸福，只能寄托在我的身上，仿佛只要失去我，她会变得一无所有，但我是个·彻·头·彻·尾·的烂人啊，光从我对待她的样子就知道了，她却看不清楚我是怎么样的男人。她心里的变形大概就像比目鱼女孩的变形，使她对于幸福的追求变得格外大胆，因为她知道不靠自己的话，什么也得不到，因此那幸福就来得更惨烈，只要我稍微不留意她，她就会想到，我一定是嫌弃她假装自己不会嫌弃的东西。她和比目鱼女孩，看起来就像是好女孩一样，但光是当个好女孩并不会有幸福，她们的变形使她们有更深的恐惧，即使她们都得到了好的工作、学位或是有好的家人也是如此。

　　但这都是我个人的幻想，也许她们才不是这样的人，其实都过得自信而开朗。可是我就是无法抛开把她们两个联想在一起，我跟踪比目鱼女孩时，一度润湿了眼眶，好想跑过去跟比目鱼女孩说："我们在一起好不好？"就好像是赎罪似的，我明明知道美君是如此渴求我的爱的人，但最后还是重重伤害了她，如果再重来一次，我想我还是不会继续爱她，可是我对自己的恶意，却总觉得要做什么跟她道歉，如果我跟比目鱼女孩在一起的话，或许就可以赎罪了。

一

阿任，这是最后的时刻了，我想跟你说一件可能你会觉得有点无聊的往事，就像我们还会在客厅聊天，我从来没跟任何人说过。我不知道这事对我的一生是否重要（大概很不重要），我知道我一直对你很啰唆，但请你听听我在心里说的话，如果你能听到的话，请你帮我记下来，就像我真的有活过的样子，你会记得我活过的样子吗？

在还没有跟阿任你结婚前，我会搭乘120号公车去上班，路线经过我租的房子的路口，穿越一座卫星小城，到港边一座山脚下的港务所停下来，下完所有乘客，就开至一旁的公车车库（听说最近已被拆除）。有一回我像是睡着了，便随着公车直接搭到车库，醒来时忽然不知身在何处，那是个寻常的上班日，我依寻常的上班时间坐上120号公车。

这座卫星小城的人把进入港务所叫作"里面"，附近一带腹地狭窄，沙岸遍布，不足以盖建像样的港口，只有一处传统小渔村，曾经热门地以定置网捉鱼群，在短时间聚集了大量人口和挂满渔网灯具浮筒的屋檐的矮屋。从沙岸将小船开至远一点的海中，接驳拉张定置网的大船，将网子拖到沙岸，系在牛车或柴油拼装车上，缓慢地将定置渔网拉上岸来，再由拖板车分装运送到渔市，像是较大型的牵罟，整个小镇都被捕获了。

一百多年历史的小渔村，并非城市发展的主轴，更像是主要的远洋渔业之外，附属的打零工方式。如今随远洋渔业被菲律宾和越南夺走之后，这打零工的小渔村也没落了，只剩下一个空空的壳子，展示着过去曾有的样子。哈哈哈，你是不是很惊讶，为什么我会这么了解，那是因为我和同事曾经做过这城市的渔村人员迁移调查给渔业署啊，虽然调查的资料本身很无聊又可悲，但我记得那些虾壳鱼骨的腥味，那些残留下来的味道，或许再过一百年也不会流失。阿任啊，你是不是觉得你不知道有关我的事有很多呢？

因为是打零工的关系，所以一切都像是多赚的，可以开心花用，像小时候为父母做的圣诞灯家庭代工，当时这里就有这样的氛围，青壮人口去从事远洋渔业，闲暇之余或是退休变成老人之后，在这小村打打零工。我在里头走着的时候，要不时地拨开那些渔具才能行走，这小村不是唯一的小村，类似的小村沿着沙岸一处又一处，有各自的名字，很少人知道，只有在站牌上可以看见。这些小村差不多样子。在哪个地方见过，也不那么重要，这城市有太长的沙岸去育养这些小村，直到奶水用尽。这次坐到这么"里面"，蜿蜿蜒蜒地，又停又开，在睡睡醒醒间，让我想起了这些事，以前都是同事开厢型车载我。

现在的小渔村，几乎都只留下名字，并没有继续工作的人，只有曾经的痕迹，一百多年来的痕迹，重重叠叠地留下来，像是反复在一根鲸鱼骨上砍凿。如果仔细看，发现站牌的名字，就知道那些小渔村的意思，例如"水涌穴"或"围篮仔"这样的地名。然后你会看见，穿着鲜橘色制服加上黑色救生衣的海巡署士兵，百无聊赖地走着，或反复登记那几艘船，他们连船员名字和船的刻痕都一清二楚，好像再登记几次，船就会破掉似的一直记一直记。但他们是这个小村里唯一更新过的事物，更新过名字与制服，还有按时轮流派遣的士兵，由村民交谊中心改建的新官舍，漆上了红蓝的识别颜色。

我每天早上坐公车的路线并不会到"里面"，而是在"里面"的前两站，一处叫"果贸新村"便停下来。到此为止，我熟悉车窗外面的景色，或是偶尔我心血来潮，会走比较长的路，一个人，特别是冬天没有那么炎热太阳，走很长的路去吃个午餐，我想这也算是一种浪漫情怀吧，虽然跟我这个人看起来不搭。最后我还是吃习惯的阳春面、米糕和一颗卤蛋，有时也想试试吃盘意大利面或是炭烧三明治配红茶牛奶，但最终却下不了决心。在这长长的路上，路边有位太太为了机车被阻挡破口大骂，一位老人来帮她搬开挡路的脚踏车，她向他道谢。那妇人戴着如抹布的帽子，骑走的时候就拿了下来。无论如何，这都是进去"里面"之前的光亮，因为还离有两站的关系，所以觉得距离"里面"还有点缓冲，并不是在边缘，若是在边缘，仿佛只要稍微多踏一步，就得被与世隔绝。

我好像讲得太多也扯得太远了，现在才要讲我发生的事。阿任，这是我的坏习惯，你知道我有一种强迫症，就是每件事都要讲得很清楚，不能有一点点眉角交代不清楚，因为我害怕别人会因为我讲不清楚而误会我，我最讨厌人家误会我了，好像我是个笨蛋，所以什么事情，我都想解释很多，我知道，有时候就会让人觉得我咄咄逼人，但其实不是，我只是想说清楚。

那一天我穿了一袭白色洋装，感觉背后有人如蛲虫般地扭曲着，我原本不在意，就如同一般受到骚扰的女生，误以为是搭车人过多的关系,然而无论人如何来去,这蛲虫般的感觉没有消失,我无法转过头去,不知道是谁。这车子沿线通过许多学校,充满年轻的孩子,早晨他们散发着青春健康,或者苍白却好闻的香味,年轻男生刚学会使用刮胡膏,上头还残留着白渍,或者早餐的味道,豆浆或油条的油炸味,或是粥的甜味,烧肉饭清爽的甜酱味,那时还没有"美而美"这样的西式早餐。但一到下午放学,同一批人又变成鬼,全身散发汗臭味,既猛烈又恶心,我最讨厌那时的公车,高中生又臭又脏又吵,好像在他们自己的房间肆无忌惮,玩些无聊游戏,"我要在这里下车""我不要下车""你跟我下车啦""我不要""算了,不要就不要""对,我就不要",虽然这么说,两人还是打闹地下了车,好像分手不了的热恋情侣,但怎么看都不像是同性恋人,那时候还不流行这样,我想,就只是愚蠢的男生。

我开始确认那不对劲,是因为车上人潮已随一站一站散去,车上空间已足够,但我背后的男人却没离开的打算,他没有用手触摸我,大概是双手还拉着套环。但这是个奇怪的位置,我原本因为人潮而被一直挤到靠近司机,也就是很靠近前方公车出口,如今人潮散了,我想往车厢中央移动,但是却没有办法,因为被那男人一直粘着、顶着,似乎不打算让我移动。但司机也没觉得奇怪，或许根本就不在意，我成了孤零零的一个人，被遗留在一个没人理会的位置，而这位置又是人来人往，需要投币下车的必经之处，却没有任何人来解救我，是没有任何人发现吗？乘客只是一个一个走过来投币，然后像是绕过一桩不祥或是不详的事物或狗尸，被那男人把身体靠在身上扭动，洋装化学质料沙沙沙的声音响彻整个车厢，却没有人听见。我当然感觉到那肉棒硬挺的程度，在我的屁股顶着，我不敢回头，我不是那样的人，我像是掉到另一个时空，强忍着羞耻感，任凭白裙唏唏嘶嘶地在屁股滑动，我觉得自己的身体并不是自己的，我从没想到自己会在公车上遇到这种事，我想起蛲虫，小学时总听班上男生说，吃了驱虫药，蛲虫从屁股钻出来的事。

真不可思议，这么长的虫怎么可能从屁眼钻出来，等自己吃了驱虫药，上厕所感到一阵异样的痒，突然眼前一阵明亮，空荡荡的，低头一看，一条巨大蛲虫已在马桶里扭动游动着像条小蛇，从此之后，只要屁股痒，我都会觉得自己是不是又长了蛲虫。背后的男人持续地贴着我，只用下半身顶我，我忽然觉得对方有点生疏，不太会弄，有种蛲虫的痒，但性欲上的侵害感，无论是快感或恶感却很低，很快消退掉，我忍不住想，为什么这男人那么拙劣？像是无法用力想象的幻觉，有点青涩，比我还紧张，还有不世故。我的反应已经低落到极点，甚至觉得自己对不起对方，无法配合对方的喜好而动。

当车子停下来，我看着外面，是"小火车站"，原本是搭配"里面"的鱼货运输而设的车站，现在已经废站了，车站建筑拆光，只剩下一段纪念用的铁轨和一支站牌的名字。我背后的男人停止扭动，好像要下车了，于是我转头一看，非常惊讶，如果别人看到的话，或许会以为我是受到侵害才露出惊讶的表情，但并不是，我只是纯粹很惊讶，里头不含一点点受伤的情绪，纯粹是理智上无法相信自己的眼睛。

那是一个稚嫩又矮小的高中二年级生，校名、自己的名字、年级班别清清楚楚电绣在制服口袋上，白色衬衫上衣和卡其长裤，大盘帽与深绿色书包，是间精英学校的孩子。我这时候才感到又羞又耻，居然被这样的孩子给弄了，那孩子也好像大梦初醒地看着我，两人的眼光直直对着，我读不出那孩子脸上有什么惊恐、害羞、愧疚等等，就只是一片茫然，不知道刚刚发生了什么事的样子。或许，我们两个都刚刚从别处回来，时光仅仅冻结几分钟而已，但我们却各自觉得有一小时之久。

啊啊，阿任，我常常会这样啊，忽然觉得自己和现实时空连不起来，就好像俯视那不见底的深渊，这深渊切断了两边陆地，也切断了我和现实生活的连接，光是这样看着就感到脑中一片空白，并不是恐惧，而是无法跟别处连接的缺憾。我自己的世界成了众多分散的物件，无法保有一致性，我无法将自己凑合在一起，充满了破洞、断片与无法自我解释之处。就像我那一瞬间想不起来，为什么会坐这班公车，不不，跟被骚扰这件事无关，我甚至想不起来自己为什么会身在此处。这里是哪里？我们为什么会在这里？环顾四周，这令人熟悉或陌生的地方都是，为·什·么·此·时·此·刻会在这里，而不在任何其他地方？

你能明白我在说什么吗？有时候会眷恋着，事先，我觉得我会失去这个地方，那就更加深了为什么在这里的心情，我知道过不久，在这里将变得毫无意义，只会成为"过去"而已。往后只是记忆的片段，是不会被拿出来的云端储存内容，只是白白占了免费空间的一组编码。

我在哪里？一处熟悉之处，但仿佛又与我无关，没人欢迎我，我只是寄生，只是过客，那里，再怎么熟悉，知道碗盘叉子放在哪里，懂得打开瓦斯炉的角度轻重，一次零秒点燃而别人做不到，不代表我在那里，那里是可以置换的背景，就算置换了，也没什么不同，只是不熟悉一段时间罢了，很快又会熟悉的，因此有多熟悉并不是我在那里的证明，我们与物总是分离的，空间上是分隔两地的，是时间使我们在一起，而时间也将使我们分离。我们感到一处陌生，并非空间的没有感触，而是时间的淡薄，拉扯，将我们投掷于时光之流中，然后又抛弃，物不会或难以消失，但时间却轻而易举，明天，明天啊，我就会与此处毫无关联，我不再回来，物与空间仍在，但时间却如洋葱鳞片剥除，一层又一层，我会离此地越来越远，越来越多，在那层层的时间里，物随之一点一滴毁损，像是连续性的格放。

我们遗弃旧物与旧日时光的能力，比我们所知或所意会到的要强上许多，我们可以更瞧得起自己，我们大可以失去更多，不用怜惜，更不必在乎爱，不必与家人联络，比我们想象的更要无情冷漠。

我醒来后，只消一会儿，已记起为何会搭到这么"里面"了。

所以我学会了，只要妈妈来接我的时候，不管今天发生什么事，我都会笑笑的。这样是不是算早熟呢？妈妈也不会问东问西的，我不喜欢这样，好像是在偷看我的秘密，我虽然年纪还很小，但其实也已经有很多的秘密了，秘密的事情之后再说没关系，我发现我这样其实很方便，笑一笑就可以让妈妈开心，也可以让老师和同学说我好话，什么事情都变得很轻松，稍微可以乱玩一下。

老师好像觉得我家很幸福，也就对我更好，好像我是幼儿园里的小公主。我很喜欢莎拉小公主这个故事耶，妈妈也很喜欢，我很小就跟我说过莎拉小公主的故事，我一遍一遍听，都不会觉得听腻，我虽然没有这样被欺负，但也许有一天会被这样欺负也说不定，那么我就可以幻想其实我是一个没人知道的公主。但是很可惜，妈妈爸爸都对我很好，就算现在是跟妈妈住在这个破破的公寓里，跟旁边其他的大楼一点也不像。

妈妈说："我们是离家出走。"这样我才知道，原来爸爸曾经打了妈妈，但是我从来没有自己看到，我也非常非常喜欢爸爸，我不知道爸爸有妈妈说的那么坏，但是我答应妈妈要跟她一起走，就一起走了。可是我现在真的好饿，我在幼儿园的时候都没有这么饿过，有时候是不喜欢吃的东西，我也会吃光光，像是麻油面条，有些节日，像是七夕情人节，老师和厨房妈妈就会煮麻油鸡面线，我不喜欢吃，觉得有一种腥味，可是我还是会笑笑地一点一点、一条一条吃完。老师看见了问我是不是不喜欢吃，我很快地回答说："不是，只是因为太烫了，所以才慢慢吃。"

老师很高兴，我自己也很高兴，我听妈妈的话，从来不会浪费食物，妈妈说浪费食物就不会有幸福。但是我这么乖，为什么现在会在这里肚子饿？妈妈洗完澡就坐在那里，不知道在想什么，可是我前几天已经跟她说过了我很饿，现在已经没有力气说了，妈妈自己也没有吃东西啊，如果爸爸来了的话就可以吃了。我很笨喔，还去咬妈妈收集的塑胶袋，不知道妈妈为什么堆了那么多塑胶袋和铝罐，我有一次问她，妈妈只说："那些都是可以换钱的东西，我们很需要，万一有一天没有塑胶袋的话会很糟糕的。"所以家里很多地方都扎了一个一个的塑胶袋，像是圣诞节的彩灯，有各式各样的颜色，我没有讨厌，只是有的没有洗干净，会有让人想吐的臭味，还有那些空罐会有饮料酸掉的味道，上面有一些小虫，夏天会长很多小虫。

一

美君那种激烈渴望，那种对人不屑一顾的样子，那种强大的控制欲，对任何男人来说都很可怕，在我之后，怎么可能有男人爱她呢？

她擅长折磨人的个性，我从不知道什么时候会说出让她生气、导致冷战数日的话语，怎么可能会有像我这样，能够包容她那么久的男人呢？她或许觉得轻而易举可以找到吧。

如果是没有别的男人能爱的女人，像是比目鱼女孩，如果我能爱的话，是不是就能赎罪了呢？我想象如果比目鱼女孩跟我在一起，出席我的朋友场合，一定会引起很大的轰动吧，我爸妈可能会吓死，自己的儿子居然去娶了一个怪物般的女人，我会觉得自己很伟大，像解救了谁的英雄，当然我解救了比目鱼女孩，而且我会成为大家眼中最具有道德指标，而且最不从俗注意外貌的好男人，倘若比目鱼女孩也能回报她应有的贤惠就好了。但这不就是一切的幻想吗？比目鱼女孩可能是一个心地很不好的女孩也说不一定，因为外在使得内在也扭曲的人不是很多吗？倘若我跟她在一起，然后又分手的话，这样人家是不是会说我因为她长成那样，所以才甩了人家的。大家才不会关心，也许她并不是一个好女孩，不是长成那样的人，内心就是善良的、知足的、懂得感激的。所以如果分手的话，我就会立刻又成了道德指标最低落的男人。

我跟踪比目鱼女孩坐上捷运，那甚至跟我要坐去的地方相反，我看见她上车时，有人试图让位给她，但不知道怎么回事，那人没有过去叫她，只是默默地站起来走到旁边捉着栏杆，比目鱼女孩不知道有没有看见，她并没有走过去坐，于是在人群满满的车厢内，留下一个突兀的空位。我不敢再走到她的正面去，那脸还是可怕得惊人，但其他人都很镇静，见怪不怪似的，我才不相信没有人会在心里觉得恶心，不过这会不会是这座城市最好的事，我们的冷漠使得生活变得舒服许多，对比目鱼女孩来说，这不就是最好的事，不用被打扰，不用回答莫名其妙的问题。

对美君来说，人的冷漠对她和小娟不也是最好的状态，她一定是这样想的吧，不想要跟任何人解释她为什么这样生活，不想要麻烦任何人，不想要被指指点点，她是不是知道自己的问题，我想她知道的，她那么聪明，但那是她自己的问题，才不想要让别人来指三道四的，这样孤独的生活有什么不好，有对不起任何人吗？

这座城市的冷漠，使得美君或比目鱼女孩可以自在生活着，只要自己可以活下去，冷漠就是一张她们跟这个城市订好的契约，彼此互不侵犯，要是住在乡下可能就行不通，或是在有庞大家族的村落里，人人都会想提供自己的生活智慧或人生道理给陌生人，这对比目鱼女孩和美君有什么用？不管是被迫的，像是比目鱼女孩或是自愿的美君，这些熟悉的人，或不熟悉想来管闲事的人，只是用他们自己舒适的框框来框住她们而已，他们又没有她们来得聪明，或是来得更接近生命的本质，那种本质要失去一切，几乎要失去一切才会知道，或者要是在一个极端的情境里才行，没有其他的经验可以来学习。

这时候，像这城市的冷漠是她们最好的优惠，特别是不能一下子有一下子没有，她们无法承受这些，好像她们是宠物似的，呼之则来，挥之则去，这是一个确定的契约，双方都要确实地遵守，对美君和比目鱼女孩来说也是。有时候会觉得自己非常脆弱伤感，想要他人的帮助，想要跟谁说说话，想要跟谁恋爱，想要他人一个包容温暖的眼神，但这都是具有高度危险性的，一旦违反了一次契约，没有受到惩罚，就会希望有下一次，有希望是最糟糕的事情了，最后就会将自己的一切寄托在别人身上，这契约必须是被对方严格遵守的，万一有一天对方决定要毁弃契约，给她们某种关爱，那么她们就会失去信心，觉得自己怎么又变成了一个渴望爱、乞求施舍的贱货。

她们不能单方面地希望，也就不希望对方有时冷漠有时有热情，使她们有希望的可能。只有从头到尾一致的冷漠，才能使她们舒服，不对任何人事物抱持爱意与希望，任何需要她们动脑子去改变的事物，对她们来说都负担过大。

一

　　这样的我有错吗？孤独地，不想与他人接触的我有错吗？我曾经也热衷和其他人往来，否则无法正常工作。我只是不懂得如何好好相处，因为我是个骄傲的人的关系吗？对阿任和阿南你们骄傲，对同事骄傲，对父母骄傲，甚至对小娟你骄傲，但你们是我最后的堡垒了，现在要亲手将你们埋葬。这只是形式上这样的说法而已，不是真的这样。

　　我已经小心地删去了各种通讯记录，没有人知道我曾经跟谁说过什么话，不想给任何人留下麻烦，没有遗言。这只是我所做的选择，跟你们选择与一般人一样的群居生活一样，只是不同的选择而已，只是因为我即将死去，才会使这选择看起来是错的。然后也会给人制造麻烦，虽然跟自杀不一样地死去，但造成的麻烦却很一致，一旦我这样死去了，你们进来时会说真是惨啊，但随之会转念一想："美君死了那么久，尸臭尸毒全部深深陷进了木头地板里头，清理起来真的好麻烦啊。"

　　窗外一片迷蒙了，是接近黄昏的大雨，我不是那种会因为这种情景伤感的人，该做什么事就做什么事，只是觉得麻烦，得收衣服，我讨厌收衣服，收下在手中湿湿的衣服，像抱着潮湿失去重心的狗。小时候，我家以前养过的小狗，就是在雨夜里被车撞死的，是我不听话，放开了它的链圈，它被打雷一吓就冲出公寓大门。

我想起来有一年出差去上海，不是什么有关国家大事的资料，只是去对一家化工公司报告食用盐的调查，他们主要生产强化拳击台边绳的原料。工作结束后，回到旅馆附近的巷弄乱走，那些巷弄保留了民国初年的生活方式，内衣裤就这么横越天空地挂着。偶然发现一家烘焙松饼的小店，法式小松饼，一次只招待两对客人，被迫吃了难吃的松饼，像是那些潮湿的衣物，有着狗毛的味道，被雨淋得湿臭的狗。我看着披挂的衣物，想起阿任你不爱做这项家事，你喜欢整理盆栽和半夜起来带小娟，也喜欢吃松饼。但那衣物似乎永远也不会干，真令人沮丧，光是沮丧就足以让松饼难吃，像难吃的湿衣和湿狗。

天花板有一圈圈的圆形日光灯，用铁架子绑起来，那是上一个房客做的吧，还有一大片灰黄色的烟熏痕迹，听说是曾经兼做神坛的关系，那些旺盛的香火烧出这样的形状，我抬头看，看久了，觉得那是一块大陆地图，就像那些奇幻小说虚构的陆块，长满奇花异草和奇形怪状的种族。陆块往一侧墙壁延伸，那里挂了一面八卦镜、一只圆钟和一顶帽子，都不属于我的。

离婚协议书是以双挂号寄来的，与满桌的空杯、药品、梳子、过期报纸、我用广告纸折的纸盒、橡皮筋、胶水、计算器和塑胶袋堆放在一起。你是一个严谨的人，这就是你会做的事情。以公务用的米其色信封装着，本来又硬又尖锐，但被揉得有些沮丧，像是忙了一整天的土地测量员，去了太多的地方，走过太多陌生的土地，眼睛凝视过太远的距离，以至于看起来非常疲惫，这个晚上不想要再谈公事，只想洗完澡、吃过饭，便坐着看电视，事情明日再处理。我这么想，那签好寄回的离婚协议书只是你在气我离家出走的表现而已，你会来接我们的，我每天都等你来接我们。

几乎，我觉得日子就在我的眼前，我说的不是比喻上的，而是真正的就在眼前，当我伸手出去时，就可以碰触到，那如纸张的触感，在指尖沙啦啦地滑过去，像一尾鱼鳍，在五指之间翻动，快速带一点点尖锐的，有割伤人可能的快感，如果分心的话，会像忽然被快车道的远光灯惊吓的猫。我想起9。无来由地想起这个数字，但我稍微转头看看，想要知道9是从哪里来的？没有在日历上，那日历有一段时间没撕了，停留在一周之前。这日历是臭臭锅送我的，前些日子我在那里打工时，变得跟人家容易相处多了，至少我是这样认为的，我没去领钱，他们还打电话来给我，问我要不要回去拿。

我好想哭，我好想念你阿任，好想好想。特别在这个房子里，在我坐着的地方，你一天也没在这里生活过，但我多想你曾在这里生活过。我们共同经历的一切已经不在了，你曾在电话里对我说："你再也找不到像我这样的人了，再也不会有人这样对你了。"那时我并不相信你说的，我认为自己值得更好的。你应该要让我知道的，我埋怨你，你应该要告诉我人生不如我想象的那样，我不该这么骄傲，以为我自己够好的。你说得不够，你只是轻描淡写地说，使我以为这只是你不得不让我离开的气话，但我没想到这真的是真的了，从那一刻开始，不管我如何追求，如何拜托，如何恳求，就是没有人爱我了。像阿任你这样。

最后还是把我的秘密说出来好了，我没有告诉妈妈，不知道以后还有没有时间说，其实我在班上有一个喜欢的男生和一个喜欢的女生，女生是阿苏，有跟妈妈说过，妈妈说有一天可以请阿苏来家里玩，但不是现在，我上个星期有告诉妈妈，妈妈说："现在家里没有很干净，所以不能请人家来家里，这样很难看，如果可以回去旧家，就可以让小娟的同学来家里玩。"妈妈不知道阿苏是谁，我说她很会弹钢琴，老师常常让阿苏弹教室里的那台风琴，我一点也不嫉妒阿苏，我没有学过钢琴，不是妈妈不让我去学，就只是还没学，而且现在家里也太小了。

以前在旧家的时候，妈妈有说过要买一台钢琴给我，就是不好摆，其实我对这个不在乎啦，阿苏弹的时候，我很喜欢坐在旁边听。我看过好几次阿苏妈妈来接她下课，她穿得很漂亮，虽然妈妈也都穿得很漂亮，但是阿苏妈妈的衣服我都好喜欢，她跟我说话很亲切，有一次她穿白色裤子和淡绿色像湖一样会反光的衬衫，和一双红色高跟鞋，又高又美丽，阿苏说她妈妈是开花店的。

但我喜欢的男生是谁，我就从来没有跟妈妈讲过，老师也不知道，同学也不知道，那个男生很喜欢踢足球，我听同学说，那个男生有很多人喜欢，而且好像也有喜欢的女生了，我不知道他喜欢的女生是谁，所以应该不是喜欢我吧。我本来要自己去跟那个男生说："大家都很喜欢我喔。"可是来不及了。其实老师有在所有同学面前说："小娟是班上最可爱的宝贝了。"那一次是我把点心的红萝卜饼全部吃光光，可是大部分的人都没吃完。如果我去跟男生说，他叫小谅，如果我跟小谅说我喜欢他，小谅应该会很惊讶的。会不会他就会跟我说："其实我也很喜欢你很久了。"

可是现在我不可能说了，我只剩下一个让别人知道这件事的机会，那就是跟妈妈说，我希望小谅知道，可是怎么让小谅知道呢？如果跟妈妈说了，妈妈会不会下一次去跟老师见面的时候，跟老师说我喜欢他，他可不可以来看看我呢？

我忽然觉得莎拉小公主比我好，至少不会现在就要死掉了，她会一直一直活下去，很多人都会知道她的故事，她虽然没有喜欢什么人的秘密，也不必担心没有人告诉别人："啊，那个就是莎拉小公主，她最后会有幸福。"而不是家里连一把盐也没有,这是妈妈跟我说的:"我们家连一把盐都没有了。"妈妈对着被她慢慢包进棉被里的我说:"对不起,最后也没能让你吃饱。"

■

公寓的厨房里我只使用那只电锅，其他微波炉、瓦斯炉、烘碗机什么都没去动。其实我不太会做菜，我妈妈也不擅长，只会一再加热食物，即使跟阿任你结了婚，生了小娟，我也从来没有学习做菜的打算，却在超市买了几本食谱。我喜欢读书里那些金光闪闪的宴客菜名，仿佛沉浸在家庭和乐，想做什么菜就做什么菜的美好时光，丰盛的气味层层叠叠，甜香饱足入骨。只是一再翻印几十年前的旧照片有些灰黄（那些菜也是几十年前煮好的了），焦点不够清晰，调色过于浓重，好像这样会让菜更华丽富贵，却一点也不可口，人生没有比食谱上的灰黄菜色更悲惨的事了，如老旧家庭附赠的地缚灵照片。

我反正什么东西都用电锅做，也在电锅底煎鱼，电锅很好用啊，那里面还有半碗白饭，上面淋了酱油和一些肉末。不过好像已经发霉，肉末上满布绿白色的霉菌，电力被切断后，长期闷在没有烧干的电锅里，看起来像是以前在电视上看过的，开垦到一半的高尔夫球场，浇灌大量的除草剂。电锅旁边堆满牛奶纸盒，蓝白色的牛奶纸盒倒是很干净，好像刚刚打开来喝完。我和小娟都习惯一喝完就用水冲干净，还散发着新鲜牛奶的味道。其他的东西只是看起来很旧，根深柢固的旧物，被前任或前前任屋主一再地使用，酱油或沙拉油的渍斑，都无法去除，成了物品的一部分。

床上有一片湿掉又干的焦黄液体，周围有一圈黑色杂质，像是不幸的阴影缠绕着。我不想整理那床棉被，它们正在发臭，正从里面长虫。我不喜欢折棉被，我不是个爱干净的女人，我觉得很麻烦，但不只是麻烦而已，就是摆在那边也不会有什么不同，我会试着折好的，如果把厨房那堆资源回收也收拢，好像就会变得容易接受一点。

我没有去买公家规定使用的垃圾袋，只有一卷前屋主留下来的黑色垃圾袋，我一袋一袋装满就放在厨房，不敢拿出去丢，现在只能丢公家规定的垃圾袋。也不敢偷偷半夜拿去乱丢，不然我跟讨厌的公司里的那些年轻女孩子有什么不同？我不喜欢家里堆这么多垃圾，小娟你也不喜欢，一直说我们家臭臭的，垃圾袋里的东西正在腐烂，你可以听见那腐烂的声音，特别在半夜睡不着的时候，臭味就好像有了声音，在我的头壳里敲打。我忍不住了，明天我就要把垃圾拿去丢，不要再害怕别人的眼光，如果我能不害怕这个眼光，我就可以去找一份新工作。小娟你要是能帮我拿垃圾下去就好了,可惜你没什么用处,就跟那只野猫一样,除了吐毛球一点用处也没有。

你应该不会在折棉被中警醒,相反地,你是不是正做一个难得的美梦?这是炎热的一年来非常炎热的一天,你居然能够睡得这么好,何况你有一点点的幽闭恐惧感,一起洗澡的时候,只要在浴室里待久一点的时间就会开始号啕大哭,从小就是这个样子。你已经不再感到寒冷或炎热了吧,应该已经不再对任何事情感到害怕。

一

"其实这样是好的，只要她一直在迷惘之中，错误的一方就不会是我的。"我是这样想的。两个人一直维持在暧昧不明当中，就有让邪恶或爱意滋生的机会。这样我也有操作空间，可以有两个身份闪躲。她不知道我要甩了她吗？还一直对我说她爱我，处处为我着想，准备讨好我的事物。虽然不是玩玩，但毕竟我们两个不可能再做些什么，她是有老公的人，话说回来，即使没有老公，我也不可能爱她，那时间点已经过去了，当时没有进一步还好，不然一定甩不掉的，现在她看起来有点神经。

我已经好几个月没去找美君，她终于不再打电话给我，至于房租我也没去刷簿子，不知道有没有进来，算了，算是我欠她的吧。这两天好不容易找到当兵前美君送的那叠她的照片，原来我一直将它们和我大学时代的上课笔记收在一起，封在一个纸箱里，纸箱上只写了"大学笔记"四个字。这纸箱跟着我搬家几次，每次看到都想干脆整箱丢掉算了，又不会再去读大学的笔记，可是到了要丢的关头又会舍不得，其实没什么，就是种怀旧感罢了，结果就一直原状留着，塞在书柜的最下层，忘了。

其实美君送给我这叠照片后,我只快速地翻过一次便收起来了,从未仔细看过。这次才一张一张慢慢地看。照片里的她,有穿着自己的便服的,也有穿着租来的学士服,大部分的场景都是在我们熟悉的大学校园,少部分是在她的宿舍里,照片上有红色日期显示,应该是毕业季那段时间,她跟朋友到处拍照留念,其中有几张我认得出来,镜头晃动对焦不清的,或是刚好一阵风把她的长发吹得覆盖到脸上的,只露出一张歪斜的嘴,通常就是我帮她拍摄。有一张照片我拍得特别糟,也怪她穿了短裤和紧身T恤,让她看起来过于肥胖,肚子下垂。胸部虽然丰满,但大腿两侧也因为太胖了而黏在一起,可以想象走路久了常常会摩擦破皮,被汗一浸就像火烫一样刺撕裂痛。

我看着照片里的美君,不禁觉得这种照片也选给我看,真不知道在想什么,如此的身体为什么我要看呢?为何她愿意将这身体一再地曝光给我,这毫无性的吸引力,只是一具具空空荡荡的皮囊,直立着,像是博物馆里的猿人,毛皮失去光泽,特别做出的皱纹,微微驼背,双脚内八字地站着。

完全没有美感,纯粹是一种展示,有几张看来是用傻瓜相机自拍的,狭小凌乱的宿舍房间里,明暗不清的光线,让照片的氛围看起来十分凄惨，但照片里的她却开朗地笑着，偶尔有点姿势上不同的变化，手摆的地方有一点不同或是头倾倒的位置不一，一脸心满意足的表情。我的脑海里将这些照片里的她，与现在可见的她的脸与身体重叠，像是宰杀后悬挂等待冲洗分割的猪体，若送进冷冻，就会变成硬邦邦的，失去希望，却仍在渴求什么，渴求被注视、被爱、被说"我爱你"吗？我恍然大悟，当时的美君好像是要告诉我"即使这么难看随便，但仍然是我们共同的时光，你永远不要忘记了"。

那是清晨，眺望一片湖面，看不到远处的边界，水天交融一色。我和面貌模糊的男人面对面，坐在一艘附桨的白色木船上，伴着湖岸顺桨滑行，一层一层的树叶之下，周遭水雾弥漫，稍远处便开朗许多，阳光自叶间筛落，风吹过叶子，连阳光也沙啦沙啦地作响，虽然有些难辨认，不仔细听的话，其中伴随了玻璃风铃清脆的声音，又高又远的，像悬挂在巨树的最顶端。

湖面被阳光一点一点击碎，散去又聚合，木船因此摇晃着，桨已经收离水面，但感受不太到那摇晃……最近越来越常断线了，我的脑袋，时间也越来越长，原本可能只是短短的几分钟，现在变成了有一天之长，事实是，我会忘了这一天做过了什么事，为什么我觉得很重要的事情却完全没做，但我想不起来为什么没做。等我回过神来，又重新认识这世界时，才发现一天已经结束，而我居然还在这里。

一

电梯里贴出了完整的"2016年区分所有权人大会"通知，什么时间，然后有段说明，因为必须选出下一届管理委员，尽可能鼓励大家参加，所以只要到场签名就有五百元可领，比以往都要更好。

我们搬来这里四五年了，一个管理委员都不认识，唯一一次见到主任委员，是他陪里长参选人来按门铃。美君警戒地打开门，两个都是我们觉得陌生的人，一个披着红色布条，所以知道是里长候选人，另一人只是口头上说他是主任委员，希望能将票投给这位里长候选人。

每年她都说她不要参加区分所有权人大会，其实她也没有资格参加，她的户口没有迁移过来，一直留在南部老家，这房子是用我的名字买的，她在这里跟一个寄居者没两样，但她说即使有资格也不想参加，她也不要我参加，她觉得这是件丢脸又庸俗的事情，只有那些爱贪小便宜的邻居才会做这样的事。反而是我问她要不要参加，如果她有兴趣的话，她却误会我为什么一定要她参加，说我是一板一眼的人，太过传统死脑筋不能通融，她生气地说："为什么一定要参与才能好好地与其他人一起生活下去,并没有与其他人一起生活下去这件事。"也不能说她没道理,现代生活不就是这样。

唯一会感到有一点点管理委员选举热度,是某位警卫对我们说,希望把票投给原来的主任委员,警卫说他做得不错,还是他继续做比较好。美君对警卫这样讲感到很厌恶,如目睹一桩赤裸裸的非法交易在她面前进行,她慎重地告诉我,这家保全公司幕后老板是位政府议员,像是把社区微不足道的选举,跟这个社会日益败坏的贪污、官商勾结、政党恶斗给结合起来。

美君离家之后,我决定首次参加区分所有权人大会,果然如她所说,住户间的问题既琐碎又无聊,明明是为了自己的私事,却装出是替大众着想的样子,那么何不试着自己做做看呢?没有人要做,只是拿出来对管理委员会说嘴,好像为了满足在哪里都无法参与任何事的缺憾,现在有了这样的会议,把所有最恶劣的事拿出来讲,比方说总干事请假要扣薪水,迟到要扣多少,少一小时要扣多少,无视她就坐在那里,像个破旧玩偶般被忽略。

那个脚有点短的女人,脸蛋长得倒是不错,清清秀秀的，是个三十岁左右的女孩子，走起路来像鸭子似的。但身为总干事，脸怎么可以这么臭呢？从以前就这样，即使在路上遇到也不会打招呼，明明是迎面走来，却假装没见到，我们已经住这么多年了，怎么可能不认得。有时她总算会微微点头，但那非常轻微，好像是做了什么亏心事般，秘密进行，我也点点头，但美君却快速，像怕沾染什么地瞪我一眼……有人正说着："因为这是我们付的管理费啊，当然要好好监督，在她没有交出假单之前，薪水要扣住不发。"住户们七嘴八舌说附议附议，我想起了美君的那个眼神。

后记　　　　　　　　　　　　　　　　　　2016

不寻常的调音定弦

　　这几年，我喜欢思考如何写出具有当下时代氛围的小说，倒不是对什么文学理论或潮流有所偏好，只是像猫一样（至少我家小猫会这样），抬起头，鼻子指向空气中，眼球左右转动，好像在搜索周遭无以名状的气味变化、尘粒浮游，试着掌握附近一带的样貌，觉得完毕之后，就安心地躺下来睡觉。

　　话虽然这么说，拖了许久都没有找到合适主题，直到2013年我读到一则日本新闻：当年五月间，一对生活于大阪市的母子井上充代（二十八岁）与琉海（三岁），被发现已经在公寓内死亡三个月以上，据说是因为充代受不了丈夫家暴携子离家出走，最终陷入孤立无援的状态，简单来说就是"孤独死"（或称为无缘死）。但孤独死事件通常以独居的贫苦老人或重病者占极大多数，充代年轻健康，怎么可能放任自己与年幼孩子陷入死去的绝境，所以我在日本网站上继续追踪这则新闻，结果发现起初的新闻颇有错误，实况复杂程度令人加倍困惑，在那里头显示的，不仅仅是单一特殊的孤独死过程，与这世界支离破碎的关系是人们全都身处其中的时代性，我想了想，在台湾也是如此。

从这个角度切入，我扩大阅读有关孤独死的书籍、报道与照片，可以轻易发现死者与生者个人、彼此之间都充满各式各样的破洞、裂口与断片，"要是当时能这样做或那样做就好了，就差那么一点点啊！"似乎一直听到这样的呼求。作为一个社会议题，有许多方式能够回应这严酷的呼求，像是将个案缝合成伤痕累累的娃娃，但令人悲伤的是，这几乎不可能有普遍正确的答案，每个人的人生如此不同，只好每次从头再来。至于身为小说家的我所能做的，就是让角色把想说的话说出来，无论坦白、隐瞒、欺骗、夸饰，缺乏逻辑与内心动摇之处，以呈现孤独的复杂，进而广泛地揭露那无法逆转的可能，这便是我心里思考的，与身体经验到的时代氛围。

那么要用什么样的写法，才能写出一本符合这样氛围的小说呢？我受到了一个特别的启发：英国音乐家 Ben Watt 在说明 Hendra 这张专辑的创作理念时这么说："……我心里堆满许多事情，每天夜里，我走到地下室，**把我的吉他做不寻常的调音定弦，把这当作是重新开始的方式**，开始唱歌。"我也想试着这么做，把惯有的书写方式做"不寻常的调音定弦"，强迫自己转换对小说的敏锐度，因此混合了用双孔卡片记录概念、规划大纲，在一般笔记本速写草稿，也直接在电脑上写作大篇幅的段落，而为了捕捉即时感受性的断片结构，我开设 twitter 账号，在生活的任何时刻，只要有任何想法、刺激或领悟，不管坐车或行走，我就会用 twitter 记下来。由于 twitter 每则有一百四十字的限制，我便能强迫自己以此为限，快速地完成一个片段，然后下一则又重新展开一次新的叙述，完稿的小说里大约有三分之一的部分，是以 twitter 写出来的。

可想而知这样的写法，永远都会停留在杂乱的草稿阶段，为了快速记录，无法随时精致修改，因此就形成了大量口语化的句子，即便后来全部进入电脑里重整，也无法修去这些当下使用的句型、语气、结构与时序感，我本来就无意改写成"小说应有的样子"，在可能的范围内（也就是看起来像是本完整小说），我想尽量保留那原始的，在日常生活中，像猫一样在附近一带捕捉到的，当时的呼吸、视线、他人散发的气味、无意义的声响等等所构成的氛围。

这本小说终究是以悲剧结尾,很遗憾,但在这个时代,许多人所面临最辛苦的事,不是死的本身,而是活着。在日本纪实摄影师郡山总一郎(Soichiro Koriyama)一系列拍摄孤独死者的空房间照片 *Apartments in Tokyo* 里,可以看见他们的生活场景常常是复杂混乱的,布满为了活下去而挣扎或尝试振作的痕迹,或许比一般人的活着还要更活着,残留了更多生的意念在里头,仿佛是在说明那缓步前去的过程居然如此恒长,如生之静物。

图书在版编目（CIP）数据

生之静物 / 王聪威著. -- 北京：九州出版社，2022.6

ISBN 978-7-5225-0819-1

Ⅰ.①生… Ⅱ.①王… Ⅲ.①长篇小说—中国—当代 Ⅳ.①I247.5

中国版本图书馆CIP数据核字(2022)第025643号

著作权合同登记号：01-2020-5012

Simplified Chinese edition co-published in 2022 by arrangement with Ecus Publishing House.

生之静物

作　　者	王聪威　著
责任编辑	王　佶　周　春
出版发行	九州出版社
地　　址	北京市西城区阜外大街甲35号（100037）
发行电话	（010）68992190/3/5/6
网　　址	www.jiuzhoupress.com
印　　刷	嘉业印刷（天津）有限公司
开　　本	880 毫米×1194 毫米　32 开
印　　张	7.25
字　　数	131 千字
版　　次	2022 年 6 月第 1 版
印　　次	2022 年 6 月第 1 次印刷
书　　号	ISBN 978-7-5225-0819-1
定　　价	42.00元

★ 版权所有　侵权必究 ★